MAGASIN THÉATRAL.
CHOIX DE PIÈCES NOUVELLES.

Prix : **20** centimes.

BARBRÉ, ÉDITEUR
BOULEVARD SAINT-MARTIN, 12.

MERCADET

COMÉDIE EN TROIS ACTES, EN PROSE

PAR

H. DE BALZAC

Représentée pour la première fois, a paris, sur le théâtre du gymnase, le 24 août 1851.

DISTRIBUTION DE LA PIÉCE.

MERCADET	MM. Geoffroy.	MÉRICOURT, ami de Mercadet	MM. Landrol.
MINARD, commis de Mercadet	Armand.	M. OF LA BRIVE	Dupuis.
VERDELIN, ami de Mercadet	Villars.	Mme MERCADET	Mlles Mélanie.
GOULARD, créancier de Mercadet	Perrin.	JULIE, sa fille	Ricquier.
PIERQUIN, id.	Monval.	THÉRÈSE, femme de chambre	Bodin.
VIOLETTE, id	Lesueur.	VIRGINIE, cuisinière	Anna Chéri.
JUSTIN, domestique de Mercadet	Priston.	CRÉANCIERS.	

La scène est à Paris, chez Mercadet.

ACTE I.

Un salon. Porte au fond. Portes latérales. Au premier plan, dans l'angle, à gauche une cheminée avec glace à droite. A droite une fenêtre. A droite une petite table avec tout ce qu'il faut pour écrire. Fauteuils à droite, à gauche et au fond.

SCENE PREMIERE.

JUSTIN, VIRGINIE, THÉRÈSE.

JUSTIN. Oui, mes enfants, il a beau nager, il se noiera, ce pauvre monsieur Mercadet.

VIRGINIE. Vous croyez ?

JUSTIN. Il est brûlé! . et quoiqu'il y ait bien des profits chez les maîtres embarrassés, comme il nous doit une année de gages, il est temps de nous faire mettre à la porte.

THÉRÈSE. Ce n'est pas toujours facile... il y a des maîtres si entêtés!... J'ai déja dit deux ou trois insolences à madame, elle n'a pas eu l'air de les entendre...

VIRGINIE. Ah! j'ai servi dans plusieurs maisons bourgeoises; mais je n'en ai pas encore vu de pareilles à celle-ci!... Je vais laisser les fourneaux et me présenter à un théâtre pour jouer la comédie.

JUSTIN. Nous ne faisons pas autre chose ici.

VIRGINIE. Tantôt il faut prendre un air étonné, comme si on tombait de la lune, quand un créancier se présente:—Comment, monsieur, vous ne savez pas? — Non. — Monsieur Mercadet est parti pour Lyon. — Ah!... il est allé? — Oui, pour une affaire superbe, il a découvert des mines de charbon de terre.—Ah! tant mieux!... Quand revient-il? — Mais nous l'ignorons. — Tantôt je compose mon air comme si j'avais perdu ce que j'avais de plus cher au monde.

... à part. Son argent.

VIRGINIE. « Monsieur et sa fille sont dans un bien grand chagrin. Madame Mercadet...pauvre dame! il paraît que nous allons la perdre... Ils l'ont conduite aux eaux!...—Ah! »

THÉRÈSE. Et puis, il y a des créanciers qui sont d'un grossier!... ils vous parlent... comme si nous étions les maîtres!...

VIRGINIE. C'est fini... je vais demander mon compte et faire régler mon livre de dépense... mais c'est que les fournisseurs ne veulent plus rien donner sans argent! eh donc, je ne prête pas le mien.

JUSTIN. Demandons nos gages.

VIRGINIE et THÉRÈSE. Demandons nos gages.

VIRGINIE. Est-ce que c'est là des bourgeois? Les bourgeois, c'est des gens qui dépensent beaucoup pour leur cuisine.

JUSTIN. Qui s'attachent à leurs domestiques.

VIRGINIE. Et qui leur laissent un viager,... Voilà ce que doivent être les bourgeois relativement aux domestiques.

trésers, Bicu dit, la Picarde, croquera,
moi, je plains mademoiselle et le petit Minard,
son ame areux.

JUSTIN. Ce n'est pas à un petit teneur de livres qui ne gagne que dix-huit cents francs, que
monsieur Mercadet donnera sa fille... il rève
mieux que ça pour elle.

THÉRÈSE *et* VIRGINIE. Qui donc?

JUSTIN. Hier, il est venu ici deux beaux
jeunes gens en cabriolet, leur groom a dit au
père Grumeau que l'un de ces messieurs allait
épouser mademoiselle Mercadet.

VIRGINIE. Comment! ce seraient ces deux
jeunes gens à gants jaunes, à beaux gilets à
fleurs qui épouseraient mademoiselle?

JUSTIN. Pas tous les deux, la Picarde.

VIRGINIE. Leur cabriolet reluisait comme du
satin... leur cheval avait des roses là, il était
tenu par un enfant de huit ans, blond, frisé...
des bottes à revers... un air de souris qui ronge
des dentelles... un amour qui jura comme un
sapeur... Et un beau jeune homme qui a tout
cela, de gros diamants à sa cravate, serait le
mari de mademoiselle Mercadet!.... Allons
donc!...

JUSTIN. Vous ne connaissez pas monsieur
Mercadet! moi qui suis entré chez lui il y a
six ans, et que le vois depuis sa dégringolade,
aux prises avec ses créanciers, je le crois capable de tout, même de devenir riche. Tantôt,
je me disais : Le voilà perdu!... les affiches
jaunes fleurissaient à la porte!... Il recevait des
rames de papier timbré... que j'en vendais à la
livre sans qu'il s'en aperçût!... Brrr... il re-
bondissait!... il triomphait!... Et quelles inven-
tions! C'était du nouveau tous les jours!...
du luxe en pavé!... des pavés filés en soie!...
des duchés, des étangs, des moulins!.... par
exemple, je ne sais pas par où sa caisse est
trouée... il a beau l'emplir, ça se vide comme
un verre!... Et toujours des créanciers!... et
il les promène! et il les rassure! quelquefois
je les ai vus arrivant... Ils vont tout emporter!
Le faire mettre en prison!... Il leur parle, et
ils finissent par vivre ensemble. Ils sortent les
meilleurs amis du monde, en lui donnant des
poignées de main!.. Il y en a qui domptent
les lions et les chacals, lui dompte les créanciers... C'est sa partie!...

THÉRÈSE. Un qui n'est pas facile, c'est ce
monsieur Pierquin.

JUSTIN. Un tigre qui se nourrit de billets de
mille francs... Et ce pauvre père Violette!

VIRGINIE. Un créancier non haut... J'ai toujours envie de lui donner un bouillon!

JUSTIN. Et le Goulard!

THÉRÈSE. Un escompteur qui voudrait me...
m'escompter.

VIRGINIE. J'entends madame.

JUSTIN. Soyons gentils, nous apprendrons
quelque chose du mariage.

SCÈNE II.

LES MÊMES, Mme MERCADET.

Mme MERCADET. Justin, êtes-vous allé faire les
commissions que je vous avais données?

JUSTIN. Oui, madame, mais on refuse de li-
vrer les robes, les chapeaux, toutes les com-
mandes enfin.

VIRGINIE. J'ai aussi à dire à madame que les
fournisseurs de la maison ne veulent plus...

Mme MERCADET. Je comprends.

JUSTIN. C'est les créanciers qui sont la cause
de tout le mal... Ah! si je savais quelque bon
tour à leur jouer!

Mme MERCADET. Le meilleur serait de les
payer.

JUSTIN. Ils seraient bien attrapés...

Mme MERCADET. Il est inutile de vous cacher
l'inquiétude excessive que me causent les affaires de mon mari... nous aurons sans doute
besoin de votre discrétion... car nous pouvons
compter sur vous, n'est-ce pas?

TOUS. Ah! madame!

VIRGINIE. Nous disions tout à l'heure que
nous avions de bien bons maîtres!

THÉRÈSE. Et que nous nous mettrions au feu
pour vous...

JUSTIN. Nous le disions! (*Mercadet paraît au
fond.*)

Mme MERCADET. Merci, vous êtes de braves
gens... Monsieur ne veut que gagner du temps,
il a tant de ressources dans l'esprit... Il se
présente un riche parti pour mademoiselle
Julie, et si...

SCÈNE III.

LES MÊMES, MERCADET.

MERCADET, *bas*. Chère amie!... Voilà comment vous parlez à vos domestiques?... ils vous
manqueront de respect demain... (*A Justin.*)
Justin, allez à l'instant chez monsieur Verdelin, vous le prierez de venir me parler pour
une affaire qui ne souffre aucun retard... Soyez
assez mystérieux, car il faut qu'il vienne...
Vous, Thérèse, retournez chez les fournisseurs
de madame Mercadet, dites-leur sèchement
d'apporter tout ce qui a été commandé par vos
maîtresses... Ils seront payés... oui... comptant... allez... (*Justin et Thérèse vont pour sor-
tir.*) Ah!... (*Ils s'arrêtent.*) Si... si ces messieurs
se présentent, qu'on les laisse entrer.

JUSTIN. Ces... messieurs?...

THÉRÈSE *et* VIRGINIE. Ces messieurs?

MERCADET. Eh! oui, ces messieurs! ces messieurs mes créanciers...

Mme MERCADET. Comment, mon ami?

MERCADET. La solitude m'ennuie... j'ai besoin de les voir. Allez...

SCÈNE IV.

MERCADET, Mme MERCADET, VIRGINIE

MERCADET, *à Virginie*. Eh bien! madame
vous a-t-elle donné ses ordres?

VIRGINIE. Non, monsieur; d'ailleurs les fournisseurs...

MERCADET. Il faut vous distinguer aujour-
d'hui. Nous avons à dîner quatre personnes...
Verdelin et sa femme, monsieur de Méricourt
et monsieur de la Brive... Ainsi nous serons
sept... Ces dîners-là sont les triomphes des
grandes cuisinières!... Ayez pour relevé de
potage, un beau poisson, puis quatre entrées;
mais finement faites...

VIRGINIE. Mais, monsieur, les fournis...

MERCADET. Au second service... Ah! le second service doit être à la fois savoureux et
brillant, délicat et solide... le second service...

VIRGINIE. Mais les fournisseurs!...

MERCADET. Hein! quoi?... Les fournisseurs!
Vous me parlez des fournisseurs le jour où se
fait l'entrevue de ma fille et de son prétendu...

VIRGINIE. Ils ne veulent plus rien fournir.

MERCADET. Qu'est-ce que c'est que des fournisseurs qui ne fournissent pas?... on en prend
d'autres. Vous irez chez leurs concurrents, vous
leur donnerez ma pratique, et ils vous donneront des étrennes.

VIRGINIE. Et comme je quitte, comment
les payerai-je?

MERCADET. Ne vous inquiétez pas de cela, ça
les regarde.

VIRGINIE. Et s'ils me demandent leur payement, à moi?... Oh! d'abord je ne réponds de
rien.

MERCADET, *bas, se levant*. Cette fille a de
l'argent. (*Haut.*) Virginie, aujourd'hui le crédit
est toute la richesse des gouvernements, mes
fournisseurs méconnaîtraient les lois de leur
pays, ils seraient inconstitutionnels et radi-
caux... s'ils ne me laissaient pas tranquille...
ne me rompez donc pas la tête pour des gens
en insurrection contre le principe vital de tous
les états... bien ordonnés!... occupez-vous du
dîner, comme c'est votre devoir, mais mon-
trez-vous ce que vous êtes, un vrai cordon
bleu!... et si madame Mercadet, au comptant
avec vous le lendemain du mariage de ma fille,
se trouve vous devoir... c'est moi qui réponds
de tout!...

VIRGINIE, *hésitant*. Monsieur...

MERCADET. Allez!... je vous ferai gagner de
bons intérêts à dix francs pour cent francs tous
les six mois!... C'est un peu mieux que la caisse
d'épargne.

VIRGINIE. Je crois bien, elle donne à peine
cent sous par an!

MERCADET, *bas à sa femme*. Quand je vous
le disais : (*A Virginie.*) Comment, vous mettez
votre argent entre des mains étrangères!...
Vous avez bien assez d'esprit pour le faire valoir vous-même, et ici votre petit magot ne
vous quittera pas.

VIRGINIE. Dix francs tous les six mois!...
Quant au second service, madame me le dira,
je vais faire le déjeuner. (*Elle sort.*)

SCÈNE V.

MERCADET, Mme MERCADET.

MERCADET. Cette fille a mille écus à la caisse
d'épargne qu'elle nous a volés... aussi maintenant pouvons-nous être tranquilles de ce
côté-là.

Mme MERCADET. Ah! monsieur, jusqu'où des-
cendez-vous?

MERCADET. Madame, il n'y a pas de petits
détails... je juge peu les moyens dont je me
sers... Là tout à l'heure, vous vouliez prendre
vos domestiques par la douceur!... Il fallait
commander... comme Napoléon, brièvement.

Mme MERCADET. Ordonner, quand on ne paye
pas.

MERCADET. Précisément! on paye d'audace.

Mme MERCADET. On peut obtenir par l'affection des services qu'on refuse à...

MERCADET. Par l'affection! ah! vous connaissez la vraie époque! Aujourd'hui, madame, il n'y a plus de des intérêts, parce qu'il
n'y a plus de famille, mais des individus!
Voyez, l'avenir de chacun est dans une caisse
publique... Une fille, pour sa dot, ne s'a-
dresse plus à une famille, mais à une mu-
tine. La succession du roi d'Angleterre était
chez une assurance. La femme compte, non
sur son mari, mais sur la caisse d'épargne!...
On paye sa dette à la patrie au moyen d'une
agence qui fait la traite des blancs!... Enfin
tous nos devoirs sont en coupons... Les domestiques dont on change... comme des char-
tes, ne s'attachent plus à leurs maîtres! Ayez
leur argent, ils vous sont dévoués.

Mme MERCADET. Oh! monsieur, vous si ho-
norable, si probe, vous dites quelquefois des
choses qui me...

MERCADET. Et qui arrive à dire, arrive à faire, n'est-ce pas?... Eh bien! je leur tiens qui pourra me sauver, car (*à lui-même...*) de cinq francs) voici l'honneur moderne. Savez-vous pourquoi les drames dont les héros sont des scélérats ont tant de spectateurs?... c'est que tous les spectateurs s'en vont flattés en se disant : Allons, je vaux encore mieux que ces coquins-là !

Mme MERCADET. Mon ami!

MERCADET. Mais moi, j'ai mon excuse, je porte le poids du crime de mon associé... de Godeau qui s'est enfui enlevant avec lui la caisse de notre maison! D'ailleurs qu'y a-t-il de déshonorant à devoir?... Quel est l'homme qui ne meurt pas insolvable envers son père? Il lui doit la vie et ne peut la lui rendre... La terre fait constamment faillite au soleil. La vie, madame, est un emprunt perpétuel!... et n'emprunte pas qui veut!... Ne suis-je pas supérieur à mes créanciers? J'ai leur argent, ils attendent le mien! Je ne leur demande rien, et ils m'importunent... Un homme qui ne doit rien!... mais personne ne songe à lui! tandis que mes créanciers s'intéressent à moi!

Mme MERCADET. Un peu trop! devoir et payer, tout va bien... mais emprunter quand on se sait hors d'état de s'acquitter...

MERCADET. Vous vous apitoyez sur mes créanciers, mais nous n'avons dû leur argent qu'à...

Mme MERCADET. Qu'à leur confiance, monsieur.

MERCADET. A leur avidité!.. Le spéculateur et l'actionnaire se valent... Tous les deux, ils veulent être riches en un instant. J'ai rendu service à tous mes créanciers, et tous croient encore tirer quelque chose de moi! Je serais perdu sans la connaissance intime que j'ai de leurs intérêts et de leurs passions... Aussi vous verrez tout à l'heure comme je vais jouer à chacun sa comédie.

Mme MERCADET. En effet, vous venez de donner l'ordre...

MERCADET. De les recevoir... Il le faut!... (*Lui prenant la main.*) Je suis à bout de ressources, mon amie, le temps est venu de frapper un grand coup, c'est Julie qui nous y aidera.

Mme MERCADET. Ma fille!

MERCADET. Mes créanciers me pressent, me pressent, me harcèlent... il faut que je fasse faire à Julie un brillant mariage qui les éblouisse... et ils me donneront du temps... mais pour que ce mariage ait lieu, il faut d'abord que ces messieurs me donnent de l'argent.

Mme MERCADET. Eux... de l'argent!

MERCADET. Est-ce qu'il n'en faut pas pour payer les toilettes que l'on va vous apporter et le trousseau que je donne... A propos, pour une dot de deux cent mille francs, il faut bien un trousseau de quinze mille.

Mme MERCADET. Mais vous ne pouvez pas donner cette dot.

MERCADET, *se levant.* Raison de plus pour donner le trousseau... Voilà donc ce qu'il nous faut : douze ou quinze mille francs pour payer le trousseau, et un millier d'écus pour vos fournisseurs, et afin que la gêne ne se sente pas dans notre maison à l'arrivée de monsieur de la Brive!

Mme MERCADET. Mais compter sur des créanciers pour cela!

MERCADET. Est-ce qu'ils ne sont pas de ma famille? Trouvez-moi un parent qui désire autant qu'eux me voir bien portant et riche. Les parents sont toujours un peu envieux du bonheur ou de la richesse qui nous vient; le créancier s'en réjouit sincèrement... Si je mourais, j'aurais, pour me suivre, plus de créanciers que de parents, ceux-ci porteraient mon deuil dans le cœur et au chapeau, ceux-là le porteraient dans leurs livres et dans leur bourse... c'est là que ma perte laisserait un véritable vide!... le cœur oublie, le crêpe disparaît au bout d'un an... le chiffre non soldé est ineffaçable et le vide reste toujours.

Mme MERCADET. Mon ami, je connais ceux à qui vous devez... et je suis certaine que vous n'obtiendrez rien.

MERCADET. J'obtiendrai du temps et de l'argent, soyez-en sûre... (*Mouvement de madame Mercadet.*) Voyez-vous, ma chère, quand une fois ils vous ont ouvert leur bourse, les créanciers sont comme les joueurs qui mettent toujours pour rattraper leur première mise. (*S'animant.*) Oui, ce sont des mines sans fin !... A défaut d'un père qui vous lègue une fortune, les créanciers sont des oncles! d'infatigables oncles!

JUSTIN, *entrant par le fond.* Monsieur Goulard fait demander à monsieur s'il est bien vrai qu'il ait désiré le voir.

MERCADET, *à sa femme.* Ça l'étonne!... (*A Justin.*) Priez-le d'entrer. (*Justin sort.*) Goulard! le plus intraitable de tous!... ayant trois huissiers à sa solde!... mais heureusement... spéculateur avide et poltron! qui tente les affaires les plus aventureuses et qui tremble dès qu'elles sont en train...

JUSTIN. Monsieur Goulard!

SCÈNE VI

LES MÊMES. GOULARD.

GOULARD. Ah! on vous trouve, monsieur, quand vous le voulez bien!

Mme MERCADET. Il paraît furieux! Mon ami!

MERCADET. Monsieur est mon créancier, ma chère.

GOULARD. Et je ne sortirai d'ici que lorsque vous m'aurez payé.

MERCADET, *bas.* Tu ne sortiras pas d'ici que tu ne m'aies donné de l'argent... (*Haut.*) Ah! vous m'avez rudement poursuivi, Goulard! moi, un homme avec qui vous faisiez des affaires considérables!...

GOULARD. Des affaires où tout n'a pas été bénéfice.

MERCADET. Où serait le mérite si elles ne donnaient que des bénéfices? tout le monde ferait des affaires.

GOULARD. Vous ne m'avez pas appelé, je pense, pour me donner des preuves de votre esprit!... Je sais que vous en avez plus que moi, car vous avez mon argent.

MERCADET. Il faut bien que l'argent soit quelque part. (*A sa femme.*) Oui, oui, tu vois en monsieur, un homme qui m'a poursuivi comme un lièvre... Allons! convenez-en, Goulard, vous vous êtes mal conduit... un autre que moi se vengerait en ce moment... car je puis vous faire perdre une bien grosse somme.

GOULARD. Si vous ne me payez pas, je le crois bien, mais vous me payerez... les pièces sont entre les mains du garde du commerce.

Mme MERCADET. Grand Dieu!

MERCADET. Du... du garde du commerce!... Ah! perdez-vous l'esprit?... mais vous ne savez donc pas ce que vous faites, malheureux!... vous nous ruinez, vous et moi, d'un seul coup.

GOULARD, *ému.* Comment?... Vous... c'est possible... mais... mais moi.

MERCADET. Tous les deux, vous dis-je!... vite, mettez-vous là... écrivez, écrivez...

GOULARD. Écrire... quoi?...

MERCADET. Un mot à Delanoy pour qu'il fasse suspendre, et qu'il me donne... les mille écus dont j'ai absolument besoin.

GOULARD. Allons donc, plus souvent.

MERCADET. Vous hésitez, et quand je marie ma fille à un homme puissamment riche... vous voulez que l'on m'arrête... vous tuez votre créance... vous!!!

GOULARD. Ah! vous... mariez...

MERCADET. A M. le comte de la Brive... Autant de mille livres de rentes que d'années!...

GOULARD. Si c'est un homme mûr... c'est une raison pour vous donner un délai... mais les mille écus!... les mille écus jamais... décidément... rien... ni délai, ni... je m'en vais.

MERCADET. Eh bien! partez donc, ingrat!... Mais souvenez-vous que j'ai voulu vous sauver...

GOULARD. Me... me sauver... De quoi?

MERCADET, *bas.* Allons donc!... (*Haut.*) De quoi?... de la ruine la plus complète.

GOULARD. De la ruine! c'est impossible.

MERCADET. Comment? vous!... un homme intelligent, habile... un homme... fort enfin! car il est très-fort!... vous faites de ces affaires... Là, tenez, j'étais furieux contre vous... ce n'est pas par amitié... ma foi, oui, je l'avoue, c'est par égoïsme... J'avoue que je regardais votre fortune... un peu... comme la mienne... Je me disais : Je lui dois trop pour qu'il ne m'aide pas encore dans les grands jours, comme celui-ci par exemple! Et vous allez tout exposer, tout perdre dans une seule entreprise!... tout!.. Ah! vous avez raison de me refuser mille écus... il vaut mieux les enfouir avec le reste, vous avez raison de m'envoyer à Clichy, vous y retrouverez du moins un ami!...

GOULARD. Mercadet! mon cher Mercadet!... mais c'est donc vrai?

MERCADET. Si c'est vrai! (*A sa femme.*) Tu ne le croirais jamais... (*A Goulard.*) Elle a fini par se connaître en spéculations... (*A sa femme.*) Eh bien, ma chère, Goulard est pour une somme... très-considérable!... dans la grande affaire.

Mme MERCADET, *honteuse.* Monsieur!

MERCADET. Quel malheur, si on n'y paraît pas!

GOULARD. Mercadet! c'est des mines de la Basse-Indre que vous voulez parler?

MERCADET. Tiens! parbleu!... (*A part.*) Ah! tu as de la Basse-Indre!

GOULARD. Mais l'affaire me paraissait superbe.

MERCADET. Superbe! Oui, pour ceux qui ont fait vendre hier.

GOULARD. On a vendu?

MERCADET. En secret dans la coulisse.

GOULARD. Adieu! merci, Mercadet; madame, mes hommages.

MERCADET, *l'arrêtant.* Goulard!

GOULARD. Hein?

MERCADET. Et ce mot pour Delanoy.

GOULARD. Je... lui parlerai pour le délai.

MERCADET. Non, écrivez, et je pourrai pendant ce temps vous dire quelqu'un qui achètera vos titres.

GOULARD, *s'asseyant.* Toute ma Basse-Indre? (*Il reprend la plume.*) Et... qui?...

MERCADET, *bas.* Le voyez-vous, l'honnête homme, prêt à voler le prochain. (*Haut.*) Écrivez donc... trois mois de délai, hein?

GOULARD. Trois mois, ça y est.

MERCADET. Mon homme, qui achète en secret de peur de déterminer la hausse, cherche trois cents actions, vous en avez bien trois cents?

GOULARD. J'en ai trois cent cinquante.

MERCADET. Cinquante de plus! bah! il les prendra... (*Regardant ce qu'a écrit Goulard.*) Avez-vous mis les mille écus?

GOULARD. Et comment s'appelle-t-il?

MERCADET. Il s'appelle? vous n'avez pas mis...

GOULARD. Son nom!

MERCADET. Les mille écus!

GOULARD. Diable d'homme! (*Il écrit.*) Ça y est.

MERCADET. Il s'appelle Pierquin.

GOULARD, *se levant.* Pierquin!

MERCADET. Celui qui du moins qu'on chargera de l'achat. Rentrez chez vous... et je vous l'enverrai... il ne faut pas courir après l'acheteur.

GOULARD. Jamais! vous me sauvez la vie... Adieu, ami! Madame, recevez mes vœux pour le bonheur de votre fille. (*Il sort.*)

MERCADET. Et d'un! ils y passeront tous.

SCÈNE VII.

Mme MERCADET, MERCADET, puis JULIE.

Mme MERCADET. Est-ce vrai, ce que vous venez de lui apprendre là? car je ne sais plus démêler le sens de ce que vous leur dites.

MERCADET. Il est dans l'intérêt de mon ami Verdelin d'organiser une panique sur les actions de la Basse-Indre; entreprise longtemps douteuse, et devenue excellente tout à coup, par les gisements de minerai qu'on vient de découvrir... Ah! si je pouvais acheter pour cent mille écus... ma fortune serait... mais c'est du mariage de Julie qu'il s'agit.

Mme MERCADET. Vous connaissez bien ce M. de la Brive, n'est-ce pas, mon ami?

MERCADET. J'ai dîné chez lui!... charmant appartement, belle argenterie, un dessert en vermeil à ses armes! donc ce n'était pas emprunté... Oh! notre fille fait un beau mariage. Et lui... bah! quand sur deux époux, il y en a un d'heureux, c'est déjà gentil! (*Julie entre à droite.*)

Mme MERCADET. Voici ma fille, monsieur. Julie, votre père et moi, nous avons à vous parler sur un sujet toujours agréable à une fille.

JULIE. Monsieur Minard vous a donc parlé, n père?

MERCADET. Monsieur Minard! Vous attendiez-vous, madame, à trouver un monsieur Minard établi dans le cœur de votre fille!... Monsieur Minard, serait-ce par hasard ce petit employé...

JULIE. Oui, papa.

MERCADET. Vous l'aimez?

JULIE. Oui, papa.

MERCADET. Il s'agit bien d'aimer! il faut être aimée.

Mme MERCADET. Vous aime-t-il?

JULIE. Oui, maman!

MERCADET. Oui, papa, oui, maman, pourquoi pas nanan et dada?... Quand les filles sont ultra-majeures, elles parlent comme si elles sortaient de nourrice... Faites à votre mère la politesse de l'appeler madame, afin qu'elle ait les bénéfices de sa fraîcheur et de sa beauté.

JULIE. Oui, monsieur...

MERCADET. Oh! moi... appelez-moi: mon père, je ne m'en fâcherai pas... Quelles preuves avez-vous d'être aimée?

JULIE. Mais la meilleure preuve, c'est qu'il veut m'épouser.

MERCADET. C'est vrai, ces filles ont, comme les petits enfants, des réponses à vous casser les bras... Apprenez, mademoiselle, qu'un employé à dix-huit cents francs ne sait pas aimer... Il n'en a pas le temps, il se doit au travail...

Mme MERCADET. Mais, malheureuse enfant...

MERCADET. Ah! quel bonheur! Laissez-moi lui parler... Écoute, Julie, je te marie à ton Minard... Attends... tu n'as pas le premier sou, tu le sais, que devenez-vous le lendemain de votre mariage? y as-tu songé?

JULIE. Oui, mon père...

Mme MERCADET. Elle est folle.

MERCADET. Elle aime, la pauvre fille!... Parle, Julie, je ne suis plus ton père; mais ton confident, je t'écoute.

JULIE. Nous nous aimerons.

MERCADET. Mais l'amour vous enverra-t-il des coupons de rentes au bout de ses flèches?

JULIE. Mon père, nous logerons dans un petit appartement, au fond d'un faubourg, au quatrième étage, s'il le faut!.. au besoin je serai sa servante. Oh! je m'occuperai des soins du ménage avec un plaisir infini, en songeant qu'en toute chose il s'agira de lui. Je travaillerai pour lui pendant qu'il travaillera pour moi, je lui épargnerai bien des ennuis, il ne s'apercevra jamais de notre gêne.. notre ménage sera propre, élégant même. Mon Dieu! l'élégance tient à si peu de chose; elle vient de l'âme, et le bonheur en est à la fois, la cause et l'effet. Je puis gagner assez avec ma peinture pour ne rien lui coûter, et même contribuer aux charges de la vie. D'ailleurs l'amour nous aidera à passer les jours difficiles. Adolphe a de l'ambition comme tous les gens qui ont une âme élevée, et il est de ceux qui arrivent.

MERCADET. On arrive garçon; mais marié l'on se tue à solder un livre de dépense, à courir après mille francs comme les chiens après une voiture.

JULIE. Mon père, Adolphe a tant de volonté, unie à tant de moyens, que je suis sûre de le voir un jour... ministre peut-être.

MERCADET. Aujourd'hui qui est-ce qui ne se voit plus ou moins ministre?... en sortant du collège, on se croit un grand poète, un grand orateur!... Sais-tu ce qu'il serait, ton Adolphe? père de plusieurs enfants qui dérangeront tes plans de travail et d'économie, qui logeront son excellence rue de Clichy et qui te plongeront dans une affreuse misère... tu m'as fait le roman et non l'histoire de la vie.

Mme MERCADET. Ma fille, cet amour n'a rien de sérieux.

JULIE. C'est un amour auquel, de part et d'autre, nous sacrifierons tout.

MERCADET. J'y pense... ton Adolphe nous croit riches?

JULIE. Il ne m'a jamais parlé d'argent.

MERCADET. C'est cela... J'y suis... (*A Julie.*) Julie, vous allez lui écrire à l'instant de venir me parler.

JULIE. Ah! mon père!...

MERCADET. Et tu épouseras monsieur de la Brive... Au lieu d'un quatrième étage dans un faubourg, vous habiterez une belle maison dans la chaussée d'Antin, et si vous n'êtes pas la femme d'un ministre, vous serez peut-être la femme d'un pair de France. Je suis fâché, ma fille, de n'avoir pas mieux à vous offrir... D'ailleurs vous n'aurez pas le choix, monsieur Minard renoncera de lui même à vous.

JULIE. Oh! jamais, mon père, il vous gagnera le cœur...

Mme MERCADET. Mon ami, si elle était aimée?...

MERCADET. Elle est trompée...

JULIE. Je demanderais à l'être toujours ainsi. (*On entend sonner au dehors.*)

Mme MERCADET. On sonne, et nous n'avons personne pour aller ouvrir.

MERCADET. Eh bien! laissez sonner.

Mme MERCADET. Je m'imagine toujours que Godeau peut revenir.

MERCADET. Après huit sans nouvelles, vous espérez encore Godeau!.., Vous me faites l'effet de ces vieux soldats qui attendent toujour Napoléon.

Mme MERCADET. On sonne encore.

MERCADET. Va voir, Julie, dis que ta mère et moi sommes sortis... Si l'on n'a pas la pudeur de croire une jeune fille... ce sera un créancier... laisse entrer.

Mme MERCADET. Cet amour, vrai, chez elle du moins, m'a émue.

MERCADET. Vous êtes toutes romanesques.

JULIE. Mon père, c'est monsieur Pierquin.

MERCADET. Un créancier usurier... âme vile et rampante, qui me ménage parce qu'il me croit des ressources; bête féroce à demi domptée que mon audace rend soumise... Si j'avais l'air de le craindre, il me dévorerait... (*Allant à la porte.*) Entrez, vous pouvez entrer, Pierquin.

SCÈNE VIII.

LES MÊMES, PIERQUIN.

PIERQUIN. Recevez mon compliment... Je sais que vous faites un superbe mariage, mademoiselle épouse un millionnaire, le bruit s'en est déjà répandu.

MERCADET. Ah! millionnaire... non... neuf cent mille francs tout au plus.

PIERQUIN. Ce magnifique prospectus fera prendre patience à bien des gens... Le retour de Godeau s'usait diablement... et moi-même...

MERCADET. Vous pensiez à me faire arrêter.

JULIE. Arrêter...

Mme MERCADET, *à Pierquin.* Ah! monsieur.

PIERQUIN. Écoutez donc, vous avez deux ans, et je ne garde jamais un dossier si longtemps, mais ce mariage est une superbe invention, et...

Mme MERCADET. Une invention!

MERCADET. Mon gendre, monsieur, est monsieur de la Brive, un jeune homme...

PIERQUIN. Il y a un vrai jeune homme? Combien payez-vous le jeune homme?

Mme MERCADET. Oh!

MERCADET. Assez d'insolence! autrement, mon cher, je vous demanderais de régler nos comptes... et, mon cher monsieur Pierquin, vous y perdriez beaucoup au prix où vous me vendez l'argent... Je vous rapporte autant qu'une ferme en Beauce.

PIERQUIN. Monsieur...

MERCADET, *avec hauteur*. Monsieur, je vais être assez riche pour ne plus souffrir la plaisanterie de personne... pas même d'un créancier.

PIERQUIN. Mais...

MERCADET. Pas un mot... ou je vous paye ! Entrez chez moi... nous réglerons l'affaire pour laquelle je vous ai fait venir...

PIERQUIN. A vos ordres, monsieur. (*A part.*) Diable d'homme !..

MERCADET. La bête féroce est domptée, ça va marcher.

SCÈNE IX.

Mme MERCADET, JULIE, *puis* LES DOMESTIQUES.

JULIE. Oh! maman! je ne pourrai jamais épouser ce monsieur de la Brive.

Mme MERCADET. Mais il est riche, lui.

JULIE. Mais j'aime mieux le bonheur et la pauvreté que le malheur et la richesse.

Mme MERCADET. Mon enfant, il n'y a pas de bonheur possible dans la misère, il n'y a pas de malheur que la fortune n'adoucisse.

JULIE. C'est vous qui me dites de si tristes paroles !

Mme MERCADET. L'expérience des parents doit être la leçon des enfants. Nous faisons en ce moment une rude épreuve des choses de la vie ! Va, ma fille, marie-toi richement.

JUSTIN, *entrant par le fond, suivi de Thérèse et de Virginie*. Madame, nous avons exécuté les ordres de monsieur.

VIRGINIE. Mon dîner sera prêt.

THÉRÈSE. Et les fournisseurs aussi.

JUSTIN. Quant à monsieur Verdelin...

SCÈNE X.

LES MÊMES, MERCADET, *des papiers à la main*.

MERCADET. Qu'a dit mon ami Verdelin?

JUSTIN. Il va venir à l'instant; il a justement de l'argent à apporter à monsieur Brédif, le propriétaire de la maison.

MERCADET. Brédif est millionnaire! fais en sorte que Verdun me parle avant de monter chez lui... Eh bien! Thérèse, et les lingères, les modistes?...

THÉRÈSE. Ah! monsieur, dès que j'ai promis le payement, tout le monde a eu des figures aimables.

MERCADET. Bien... Et nous aurons un beau dîner, Virginie?...

VIRGINIE. Monsieur le mangera.

MERCADET. Et les fournisseurs?

VIRGINIE. Bah! ils patienteront.

MERCADET. Je compterai avec toi demain, je compterai avec vous tous, allez! (*Ils sortent.*) Avoir ses gens pour soi, c'est comme si un ministre avait la presse à lui !

Mme MERCADET. Et Pierquin?

MERCADET. Voilà tout ce que j'ai pu lui arracher, du temps, et ces paperasses en échange de quelques actions. Une créance de quarante-sept mille francs sur un nommé Michonnin, un gentilhomme *rider* très-insolvable, un chevalier, fort industrieux sans doute, mais qui a une vieille tante aux environs de Bordeaux;

monsieur de la Brive est de ce pays-là, je saurai s'il y a quelque chose à en tirer.

Mme MERCADET. Mais tous les fournisseurs vont venir.

MERCADET. Je serai là pour les recevoir. Laissez-moi; allez, chère amie, allez.

SCÈNE XI.

MERCADET, *puis* VIOLETTE.

MERCADET. Oui, ils vont venir !... Tout repose maintenant sur la douteuse amitié de Verdelin... un homme dont la fortune est mon ouvrage !... Ah! dès qu'un homme a quarante ans, il doit savoir que le monde est peuplé d'ingrats. Par exemple, je ne sais pas où sont les bienfaiteurs !. Verdelin et moi, nous nous estimons très-bien... lui me doit de la reconnaissance, moi, je lui dois de l'argent, et nous ne nous payons ni l'un ni l'autre. Allons, pour marier Julie, il s'agit de trouver encore mille écus dans une poche qui voudra être vide... crocheter le cœur pour crocheter la caisse! quelle entreprise !... Il n'y a que les femmes aimées qui font de ces tours de force-là !

JUSTIN, *en dehors*. Oui, monsieur, il est là.

MERCADET. C'est lui! Mon ami! ah! c'est le père Violette!

VIOLETTE. Je suis déjà venu onze fois depuis huit jours, mon cher monsieur Mercadet, et le besoin m'a obligé de vous attendre, hier, pendant trois heures dans la rue ; j'ai vu qu'on m'avait dit vrai, en assurant que vous étiez à la campagne et je suis venu aujourd'hui.

MERCADET. Ah! nous sommes aussi malheureux l'un que l'autre, père Violette !

VIOLETTE. Hum!.. Nous avons engagé tout ce qui peut se mettre au Mont-de-Piété.

MERCADET. C'est comme ici.

VIOLETTE. Je ne vous ai jamais reproché ma ruine, car je crois que vous aviez l'intention de nous enrichir ; mais enfin, parole ne paye pas farine, et je viens vous supplier de me donner le plus petit à-compte, sur les intérêts; vous sauverez la vie à toute une famille.

MERCADET. Père Violette, vous me navrez !... soyez raisonnable, je vais partager avec vous. (*A voix basse.*) Nous avons à peine cent francs dans la maison... et encore c'est l'argent de ma fille !

VIOLETTE. Est-ce possible !.. vous, Mercadet, que j'ai vu si riche.

MERCADET. Je n'ai rien de caché pour vous.

VIOLETTE. Entre malheureux on se doit la vérité.

MERCADET. Ah! si l'on ne se devait que cela? comme on se payerait promptement! mais gardez-moi le secret, je suis sur le point de marier ma fille.

VIOLETTE. J'ai deux filles, moi, monsieur, et ça travaille sans espoir de se marier ! Dans les circonstances où vous êtes je ne vous importunerais pas, mais... ma femme et mes filles attendent mon retour dans des angoisses !

MERCADET. Tenez... je vais vous donner soixante francs.

VIOLETTE. Ah! ma femme et mes filles vont vous bénir. (*A part, pendant que Mercadet sort un instant à gauche.*) Les autres, qui le tracassent, n'obtiennent rien de lui ; mais en se plaignant comme ça, on touche peu à peu ses petits intérêts ! Eh ! eh ! (*Il frappe sur son gousset.*)

MERCADET, *qui vient de rentrer et a vu.* (*A part.*) Hein? Ah! vieil avare mendiant! Dix à-compte à soixante francs, ça fait six cents francs. Allons, j'ai assez semé, il me faut ma récolte.. hum ! hum ! (*Haut.*) Tenez.

VIOLETTE. Soixante francs en or ! il y a bien longtemps que je n'en ai vu ! Adieu!.. nous prierons pour le mariage de mademoiselle Mercadet.

MERCADET. Adieu, père Violette. (*Le retenant par la main.*) Pauvre homme, quand je vous vois, je me trouve riche, votre malheur me touche à un point.. et dire qu'hier je me suis vu au moment de vous rembourser non-seulement tous vos intérêts ; mais tout le capital !

VIOLETTE. Me rembourser ! tout, tout !

MERCADET. Cela a tenu à bien peu de chose !

VIOLETTE. Contez-moi donc cela !

MERCADET. Figurez-vous, mon cher, l'invention la plus brillante, la spéculation la plus magnifique, la découverte la plus sublime... une affaire qui s'adressait à tous les intérêts, qui puisait dans toutes les bourses, et pour la réalisation de laquelle un banquier stupide m'a refusé une misérable somme de mille écus, lorsqu'il y a plus d'un million à gagner.

VIOLETTE. Un million !

MERCADET. Un million, d'abord, car personne ne peut calculer où s'arrêterait la vogue du... du pavé conservateur.

VIOLETTE. Du pavé?

MERCADET. Conservateur ! Un pavé sur lequel et avec lequel toute barricade devient impossible.

VIOLETTE. En vérité !

MERCADET. Voyez-vous d'ici, tous les gouvernements intéressés au maintien de l'ordre, devenant nos premiers actionnaires. Les ministres, les princes et les rois sont nos actionnaires fondateurs. A leur suite viennent les dieux de la finance, les grands capitalistes, la banque, les rentiers, le commerce et les spéculateurs en démocratie ; les marchands de socialisme eux-mêmes, voyant leur industrie ruinée, sont réduits pour vivre à me prendre des actions !

VIOLETTE. Oui, c'est beau ! c'est grand !

MERCADET. C'est sublime et philanthropique! et dire qu'on m'a refusé quatre mille francs pour répandre les annonces et lancer le prospectus!

VIOLETTE. Quatre mille francs... je croyais que ce n'était que...

MERCADET. Quatre mille francs, pas plus ! et je donnais la moitié de l'entreprise !... c'est-à-dire une fortune! dix fortunes !

VIOLETTE. Ecoutez... je verrai, je parlerai à quelqu'un.

MERCADET. A personne !... gardez-vous-en bien !... on volerait l'idée... ou bien on ne la comprendrait pas comme vous l'avez comprise tout de suite. Ces gens d'argent sont si bêtes.. et puis, j'attends Verdelin.

VIOLETTE. Verdelin... mais... on pourrait.

MERCADET. Heureux Verdelin !... quelle fortune, s'il a l'esprit de risquer six mille francs!

VIOLETTE. Mais vous disiez quatre mille tout à l'heure !

MERCADET. C'est quatre mille qu'on m'a refusés ; mais c'est six mille qu'il me faut ! Six mille francs, et Verdelin que j'ai déjà fait une fois millionnaire, va le devenir trois, quatre, cinq fois encore !... Après ça, c'est un bon garçon, Verdelin, bah !..

VIOLETTE. Marcadet! je vous trouverai la somme.

MERCADET. Non, non, n'y pensez pas. D'ailleurs il va venir, et pour que je le renvoie sans conclure l'affaire avec lui, il faudrait qu'elle fût finie avec un autre... et comme c'est impossible, adieu et bon espoir... vous rentrerez dans vos trente mille francs.

VIOLETTE. Mais pourtant...

Mme MERCADET, entrant. Mon ami, voilà Verdelin qui vient.

MERCADET, à part. Bon! (Haut.) Retenez-le un instant. (Mme Mercadet sort.) Au revoir, père Violette.

VIOLETTE. Eh bien, non... tenez, j'ai la somme sur moi et je la donne.

MERCADET. Vous, six... mille francs.

VIOLETTE. C'est... c'est un ami qui m'a chargé de lui trouver un bon placement et...

MERCADET. Et vous n'en trouverez jamais un meilleur... tantôt nous signerons notre acte! (Il prend les billets.) Ma foi!... tant pis pour Verdelin, il manque le Potoso!

VIOLETTE. A tantôt.

MERCADET. A tantôt; sortez par mon cabinet! (Il le reconduit par la gauche. Madame Mercadet entre.)

Mme MERCADET. Mercadet!

MERCADET, reparaissant. Ah! chère amie! je suis un malheureux! je devrais me brûler la cervelle!

Mme MERCADET. Grand Dieu! qu'y a-t-il donc?

MERCADET. Il y a que là, tout à l'heure, j'ai demandé six mille francs à ce faux ruiné de père Violette.

Mme MERCADET. Il vous les a refusés.

MERCADET. Il me les a donnés au contraire.

Mme MERCADET. Eh bien!

MERCADET. Je suis un malheureux, vous dis-je, car il me les a donnés si vite, que j'en aurais eu dix mille si j'avais su m'y prendre.

Mme MERCADET. Quel homme! Vous savez que Verdelin est chez moi.

MERCADET. Priez-le de venir... Enfin! j'ai le trousseau de Julie, il ne nous manque que l'argent nécessaire pour vos robes et pour la maison d'ici au mariage!... Envoyez-moi Verdelin.

Mme MERCADET. Oui, c'est votre ami, celui-là... vous réussirez. (Elle sort.)

MERCADET, seul. C'est mon ami! oui, mais il a tout l'orgueil de la fortune; car il n'a pas eu, comme moi, son Godeau! Après tout Godeau... Godeau, je crois qu'il m'a déjà rapporté plus d'argent qu'il ne m'en a pris.

SCÈNE XII.

MERCADET, VERDELIN.

VERDELIN. Bonjour, Mercadet; de quoi s'agit-il? parle vite, on m'a arrêté au passage, je monte chez Brédif.

MERCADET. Un homme de cette espèce peut bien attendre. Comment! toi, tu vas chez un Brédif!

VERDELIN. Mon cher, si on n'allait que chez des gens qu'on estime, on ne ferait jamais de visites.

MERCADET. On ne rentrerait même pas chez soi.

VERDELIN. Voyons, que me veux-tu?

MERCADET. Ta question ne me laisse pas le temps de te dorer la pilule! tu m'as deviné...

VERDELIN. Oh! mon vieux camarade, je n'en ai pas, et je suis franc, j'en aurais que je ne pourrais pas t'en donner. Écoute, je t'ai déjà prêté tout ce dont mes moyens me permettaient de disposer; je ne te l'ai jamais redemandé; je suis ton ami et ton créancier; eh bien, si je n'avais pas pour toi le cœur plein de reconnaissance, si j'étais un homme ordinaire, il y a longtemps que le créancier aurait tué l'ami... diantre, tout a ses limites dans ce monde!

MERCADET. L'amitié, oui!... mais non le malheur.

VERDELIN. Si j'étais assez riche pour te sauver tout à fait, pour éteindre entièrement ta dette, je le ferais de grand cœur, car j'aime ton courage, mais tu dois succomber!... Tes dernières entreprises, quoique spirituellement conçues, ont croulé, tu t'es déconsidéré, tu es devenu dangereux. Tu n'as pas su profiter de la vogue momentanée de tes opérations!... quand tu seras tombé, tu trouveras du pain chez moi; mais le devoir d'un ami est de ne dire de ces choses-là.

MERCADET. Que serait l'amitié sans le plaisir de se trouver sage et de voir son ami fou... de se trouver à l'aise et de voir son ami gêné, de se complimenter en lui disant des choses désagréables? Ainsi je suis au ban de l'opinion publique?

VERDELIN. Je ne dis pas tout à fait cela, non, tu passes encore pour un honnête homme, mais la nécessité te force à recourir à des moyens...

MERCADET. Qui ne sont pas justifiés par le succès comme chez les heureux! Ah! le succès! de combien d'infamies se compose un succès! tu vas le savoir... Moi, ce matin, j'ai déterminé la baisse que tu veux opérer sur les mines de la Basse-Indre, afin de t'emparer de l'affaire pendant que le compte-rendu des ingénieurs va rester dans l'ombre.

VERDELIN. Chut! Mercadet, est-ce vrai?... Je te reconnais bien là.

MERCADET. Ceci est pour te faire comprendre que je n'ai pas besoin de conseils ni de morale, mais d'argent. Hélas! je ne t'en demande pas pour moi, mais bon ami, mais je marie ma fille, et nous sommes arrivés ici secrètement à la misère. Tu te trouves dans une maison où règne l'indigence sous les apparences du luxe. Les promesses, le crédit, tout est usé! et si je ne solde pas en argent quelques frais indispensables, ce mariage manquera... Enfin, il me faut ici quinze jours d'opulence, comme à toi vingt-quatre heures de mensonge à la Bourse. Verdelin, cette demande ne se renouvellera pas; je n'ai pas deux filles. Faut-il tout dire? ma femme et ma fille n'ont pas de toilette!... (A part.) Il hésite.

VERDELIN, à part. Il m'a joué tant de comédies, que je ne sais pas si sa fille se marie... et ce ne peut pas se marier!

MERCADET. Il faut donner aujourd'hui même un dîner à mon futur gendre, qu'un ami commun nous présente, et je n'ai plus mon argenterie. Elle est... tu sais... non-seulement j'ai besoin d'un millier d'écus, mais encore j'espère que tu me prêteras ton service de table et que tu viendras dîner avec ta femme...

VERDELIN. Mille écus, Mercadet! mais personne n'a mille écus... à prêter. A peine les a-t-on pour soi; si on les prêtait toujours, on ne les aurait jamais.

MERCADET, à part. Il y viendra. (Haut.) Voyons, Verdelin, j'aime ma femme et ma fille. Ces sentiments-là, mon ami, sont ma seule consolation au milieu de mes récents désastres; ces femmes ont été si douces, si patientes! je les voudrais voir à l'abri du malheur!... Oh! là sont mes vraies souffrances! J'ai, dans ces derniers temps, bu des calices bien amers, j'ai trébuché sur le pavé de bois, j'ai créé des monopoles, et l'on m'en a dépouillé!... Eh bien, ce ne serait rien auprès de la douleur de me voir refusé par toi dans cette circonstance suprême! Enfin je ne te dirai pas ce qui arriverait; car je ne veux rien devoir à la pitié!!...

VERDELIN. Mille écus!... mais à quoi veux-tu les employer?

MERCADET, à part. Je les aurai! (Haut.) Eh! mon cher, un gendre est un oiseau qu'un rien effarouche; une dentelle de moins sur une robe, c'est toute une révélation!... Les toilettes sont commandées, les marchandes vont les apporter... Oui, j'ai eu l'imprudence de dire que je payerais tout, je comptais sur toi! Verdelin, un millier d'écus ne te gêne pas, toi qui as soixante mille francs de rente, et ce sera la vie d'une pauvre enfant que tu aimes; car tu aimes Julie!... elle est folle de la petite; elles jouent ensemble comme des bienheureuses. Laisseras-tu l'amie de ta fille sécher sur pied? C'est contagieux!... ça porte malheur!...

VERDELIN. Mon cher, je n'ai pas mille écus; je puis te prêter mon argenterie; mais je n'ai pas...

MERCADET. Un bon sur la Banque, c'est bientôt signé.

VERDELIN. Je... non...

MERCADET. Ah! ma pauvre enfant! tout est dit!.. O mon Dieu! pardonnez-moi de terminer le rêve pénible de mon existence, et laissez-moi me réveiller dans votre sein!...

VERDELIN. Mais... as-tu vraiment trouvé un gendre?...

MERCADET. Si j'ai trouvé un gendre!... Tu mets cela en doute! Ah! refuse-moi durement les moyens de faire le bonheur de ma fille, mais ne m'insulte pas!... Je suis donc tombé bien bas, pour que... Oh! Verdelin! je ne voudrais pas pour mille écus avoir eu cette idée sur toi! tu ne peux être absous qu'en me les donnant.

VERDELIN. Je vais aller voir si je puis...

MERCADET. Non, ceci est une manière de me refuser!... Comment! toi, à qui je les ai vus dépenser pour une chose de vanité... pour une amourette, tu ne les mettrais pas à une bonne action!...

VERDELIN. En ce moment, il y a peu de... bonnes actions....

MERCADET. Ah! ah! ah! il est joli!... Tu ris... il y a une réaction!

VERDELIN. Ah! ah! ah!

MERCADET. Eh bien, mon vieux, deux amis qui ont tant roulé dans le vie!... qui l'ont commencée ensemble!... En avons-nous dit et fait hein?... Tu te souviens donc pas de notre bon temps, où c'était à la vie, à la mort entre nous?

VERDELIN. Te rappelles-tu notre partie à Rambouillet, où je me suis battu pour toi avec cet officier de la garde?

MERCADET. Oh! je t'avais cédé Clarisse! Étions-nous gais!... étions-nous jeunes!... Et aujourd'hui nous avons des filles!... des filles à marier!... Ah! si Clarisse vivait, elle te reprocherait ton hésitation!

VERDELIN. Si elle avait vécu, je ne me serais jamais marié.

MERCADET. C'est que tu sais aimer, toi!...

Ainsi je puis compter sur toi pour dîner, et tu me donnes ta parole d'honneur de m'envoyer...

VERDELIN. Le service?

MERCADET. Et les mille écus...

VERDELIN. Ah!... tu y reviens encore!... Je t'ai dit que je ne pouvais pas.

MERCADET, à part. Cet homme ne mourra certes pas d'un anévrysme. (Haut.) Mais je serai donc assassiné par mon meilleur ami... Ah! c'est toujours ainsi!... insensible au souvenir de Clarisse!... et au désespoir d'un père!... Ah! c'est fini!... je suis au désespoir!...Tiens! je vais me brûler la cervelle!...

SCÈNE XIII.

LES MÊMES, Mme MERCADET, JULIE.

Mme MERCADET. Qu'as-tu donc, mon ami?

JULIE. Mon père, ta voix nous a effrayées!

MERCADET. Elles ont entendu!... Tu vois, elles accourent comme deux anges gardiens!... Ah! vous m'attendrissez! (A Verdelin.) Verdelin!... veux-tu tuer toute une famille?... Cette preuve de tendresse me donne la force de tomber à tes genoux.

JULIE. Ah!... monsieur!... C'est moi qui vous implorerai pour lui... Quelle que soit sa demande, ne refusez pas mon père, il doit être dans de cruelles angoisses pour vous supplier ainsi!...

MERCADET. Chère enfant!... (A part.) Quels accents!... Je n'étais pas nature comme ça.

Mme MERCADET. Monsieur Verdelin, écoutez-nous...

VERDELIN, à Julie. Vous ne savez pas ce qu'il me demande?

JULIE. Non.

VERDELIN. Mille écus, pour vous marier.

JULIE. Oh! monsieur, oubliez ce que je vous ai dit... Je ne veux pas d'un mariage acheté par l'humiliation de mon père.

MERCADET, à part. Elle est magnifique!

VERDELIN. Julie!... je vais vous chercher l'argent. (Il sort par le fond.)

SCÈNE XIV.

LES MÊMES, moins VERDELIN, puis LES DOMESTIQUES.

JULIE. Ah! mon père! pourquoi n'ai-je pas ét...

MERCADET, l'embrassant. Tu nous as sauvés!.. Ah! quand serai-je riche et puissant pour le faire repentir d'un pareil bienfait!

Mme MERCADET. Ne soyez pas injuste, Verdelin a cédé.

MERCADET. Au cri de Julie, non à mes supplications... Ah! ma chère, il m'a arraché pour plus de mille écus de bassesses!...

JUSTIN. Les fournisseurs de ces dames.

VIRGINIE. Voilà la ma liste, la couturière...

THÉRÈSE. Et les marchands d'étoffes.

MERCADET. C'est bien! j'ai réussi!... ma fille sera comtesse de la Brive... (Aux domestiques.) Faites passer à mon cabinet!... j'ai... (bande.)... La caisse est ouverte!!!

ACTE II.

Le cabinet de Mercadet. — Porte au fond. — portes latérales. — Croisées dans les angles. — Bibliothèques entre les fenêtres et la porte du fond. — A gauche, au premier plan, un coffre-fort. — A droite, au premier plan, un bureau debout. — A gauche, au fond, le bureau de Mercadet, formant équerre avec la bibliothèque, et un fauteuil dont le dos est tourné vers la fenêtre. — A gauche, près du coffre-fort, un fauteuil. — A droite, près du bureau debout, un canapé.

SCÈNE PREMIÈRE.

MINARD, JUSTIN, puis JULIE.

MINARD. Vous dites que c'est monsieur Mercadet qui me fait appeler?

JUSTIN. Oui, monsieur... mais mademoiselle m'a bien recommandé de vous dire d'attendre d'abord ici.

MINARD. Son père demande à me voir... Elle veut me parler avant cet entretien. Il faut qu'il se soit passé quelque chose d'étrange.

JUSTIN. Voilà mademoiselle.

MINARD. Mademoiselle Julie!...

JULIE. Justin, prévenez mon père de l'arrivée de monsieur. (Justin sort par le fond.) Si vous voulez, Adolphe, que notre amour brille à tous les regards comme dans nos cœurs, ayez autant de courage que j'en ai eu déjà.

MINARD. Que s'est-il donc passé?

JULIE. Un jeune homme riche se présente, et mon père est sans pitié pour nous.

MINARD. Grand Dieu! un rival!... et vous me demandez si j'ai du courage... Oh! dites-moi son nom, Julie?... et vous saurez bientôt...

JULIE. Adolphe!... vous me faites frémir!... est-ce ainsi que vous espérez fléchir mon père?

MINARD. C'est lui!

SCÈNE II.

LES MÊMES, MERCADET.

MERCADET. Monsieur, vous aimez ma fille?

MINARD. Oui, monsieur.

MERCADET. Du moins elle le croit, vous avez eu le talent de la persuader...

MINARD. Votre manière de vous exprimer annonce un doute qui, venant de tout autre que vous, m'offenserait. Comment n'aimerais-je pas mademoiselle?... Abandonné par mes parents, votre fille, monsieur, est la seule personne qui m'ait fait connaître les bonheurs de l'affection. Mademoiselle Julie est à la fois une sœur et une amie. Elle est toute ma famille. Elle seule m'a souri, m'a encouragé; aussi est-elle aimée au delà de toute expression!...

JULIE. Dois-je rester, mon père?

MERCADET, à sa fille. Gourmande! (A Minard.) Monsieur, j'ai sur l'amour entre jeunes gens, les idées positives que l'on reproche aux vieillards... Ma méfiance est d'autant plus légitime, que je ne suis pas de ces pères aveuglés par la paternité. Je vois Julie comme elle est; sans être laide, elle ne possède pas cette beauté qui fait crier... Ah!... elle n'est ni bien ni mal.

MINARD. Vous vous trompez, monsieur; j'ose vous dire que vous ne connaissez pas votre fille.

MERCADET. Permettez!...

MINARD. Vous ne la connaissez pas, monsieur!

MERCADET. Mais si fait! Parfaitement! je la connais... comme si... enfin je la connais.

MINARD. Non, monsieur.

MERCADET. Ah! encore:

MINARD. Vous connaissez la Julie que tout le monde voit: mais l'amour l'a transfigurée! La tendresse, le dévouement lui communiquent une beauté ravissante, que moi seul ai créée.

JULIE. Mon père, je suis honteuse.

MERCADET. Dis donc heureuse... Et si vous lui répétez ces choses-là...

MINARD. Cent fois, mille fois, et jamais assez! Il n'y a pas de crime à les dire devant un père!

MERCADET. Vous me flattez! je me croyais son père; mais vous êtes le père d'une Julie avec laquelle je voudrais faire connaissance.

MINARD. Mais vous n'avez donc pas aimé?

MERCADET. Beaucoup! J'ai, comme tous les hommes, traîné ce boulet d'or!

MINARD. Autrefois, mais aujourd'hui nous aimons mieux.

MERCADET. Que faites-vous donc?

MINARD. Nous nous attachons à l'âme! à l'idéal!

MERCADET. C'est ce que nous appelions, sous l'empire, avoir le bandeau sur les yeux.

MINARD. C'est l'amour, le saint et pur amour, qui suffit pour charmer toutes les heures de la vie.

MERCADET. Oui, toutes!... excepté les heures des repas..

JULIE. Mon père, ne vous moquez pas de deux enfants qui s'aiment d'une passion vraie, pure, parce qu'elle est appuyée sur la connaissance des caractères, sur la certitude d'une mutuelle ardeur à combattre les difficultés de la vie, enfin deux enfants qui aimeront bien.

MINARD, à Mercadet. Quel ange! monsieur!

MERCADET, à part. Je vais t'en donner de l'ange!... Heureux enfants... Vous vous aimez donc, quel joli roman... (A Minard.) Vous la voulez pour femme?

MINARD. Oui, monsieur.

MERCADET. Malgré tous les obstacles?

MINARD. Je suis venu pour les vaincre!

JULIE. Mon père, ne me saurez-vous pas gré d'un choix qui vous donne un fils plein de sentiments élevés, doué d'une âme forte et...

MINARD. Mademoiselle...

JULIE. Oui, monsieur, oui, je parlerai aussi, moi.

MERCADET. Ma fille, va voir ta mère, laisse-moi parler d'affaires beaucoup moins immatérielles.

JULIE. Au revoir, mon père.

MERCADET. Va, mon enfant, va.

MINARD, à part. Allons, j'ai bon espoir!

MERCADET. Monsieur, je suis ruiné.

MINARD. Que signifie?

MERCADET. Totalement ruiné... Et si vous voulez ma Julie, elle sera bien à vous. Elle sera mieux chez vous, quelque pauvre que vous soyez, que dans la maison paternelle... Non-seulement elle est sans dot, mais elle est dotée de parents pauvres... plus que pauvres.

MINARD. Plus que pauvres!.. mais il n'y a rien au delà!

MERCADET. Si, monsieur, nous avons des dettes, beaucoup de dettes... il y en a même de criardes.

MINARD. Non, non, c'est impossible!

MERCADET. Vous ne me croyez pas. (A part.) Il est têtu!... (Haut.)Tenez, mon gendre, voici des papiers de famille qui attesteront notre fortune...

MINARD. Mon tout...

MERCADET. Négative ! Lisez... voici copie du procès-verbal de la saisie de notre mobilier.

MINARD. Se peut-il ?

MERCADET. Parfaitement ! Voici des commandements en masse ! une signification de contrainte par corps faite hier... Vous voyez que cela devient pressant !.. Enfin, voici toutes mes sommations, tous mes protêts, tous mes jugements classés par ordre... car, jeune homme, retenez bien ceci, c'est surtout dans le désordre qu'il faut avoir de l'ordre. Un désordre bien rangé, on s'y retrouve, on le domine. Que peut dire un créancier qui voit sa dette inscrite à son numéro ?... Je me suis modelé sur le gouvernement, tout suit l'ordre alphabétique. Je n'ai pas encore entamé la lettre A.

MINARD. Vous n'avez encore rien payé ?

MERCADET. A peu près... Vous connaissez l'état de mes charges, vous savez la tenue des livres... Tenez, total trois cent quatre-vingt mille !

MINARD. Oui, monsieur, la récapitulation est là !

MERCADET. Vous comprenez alors à quel point vous me faisiez frémir, quand vous vous enferriez devant ma fille avec vos belles protestations !... Car épouser une fille pauvre quand, comme vous, on n'a que dix-huit cents francs d'appointements, c'est marier le protêt avec la saisie.

MINARD. Ruiné, ruiné sans ressource !

MERCADET, à part. J'en étais sûr ! (Haut.) Eh bien ! jeune homme ?

MINARD. Je vous remercie, monsieur, de la franchise de cet aveu...

MERCADET. Bon ! et... l'idéal... et votre amour pour ma fille.

MINARD. Julie... Vous m'avez ouvert les yeux, monsieur.

MERCADET, à part. Allons donc.

MINARD. Je croyais l'aimer d'un amour sans égal, et voilà que je l'aime cent fois plus !

MERCADET. Hein !... Comment ?... Plaît-il ?...

MINARD. Ne venez-vous pas de m'apprendre qu'elle aura besoin de tout mon courage, de tout mon dévouement ! Je la rendrai heureuse autrement que par ma tendresse, elle me sera reconnaissante de tous mes efforts, elle m'aimera pour mes veilles, pour mon travail.

MERCADET. Vous voulez donc toujours l'épouser ?

MINARD. Si je le veux ! mais quand je vous croyais riche, je ne vous la demandais qu'en tremblant et presque honteux de ma pauvreté; maintenant, monsieur, c'est avec assurance, c'est avec bonheur que je vous la demande !

MERCADET. Allons ! c'est un amour bien vrai, bien sincère, bien noble ! et comme je ne croyais pas qu'il y en eût dans le monde ! (A Minard.) Pardonnez-moi, jeune homme, l'opinion que j'ai eue de vous... pardonnez-moi surtout le chagrin que je vais vous faire...

MINARD. Comment ?

MERCADET. Monsieur Minard... Julie... ne peut pas être votre femme ..

MINARD. Eh quoi ! monsieur... malgré notre amour, malgré ce que vous m'avez confié !

MERCADET. A cause de que je vous ai confié; j'ai dépouillé pour vous Mercadet le richard, je vais dépouiller aussi l'homme d'affaires sceptique ! je vous ai franchement ouvert mes livres, je vais vous ouvrir franchement mon cœur.

MINARD. Parlez, monsieur, mais rappelez-vous à quel point j'adore mademoiselle Julie... Rappelez-vous que mon dévouement pourra seul égaler mon amour.

MERCADET. Soit !... A force de veilles et de travail vous ferez vivre Julie !... et qui nous fera vivre, sa mère et moi ?

MINARD. Ah ! croyez, monsieur...

MERCADET. Vous travaillerez pour quatre au lieu de travailler pour deux !... et vous succomberez à la tâche !... et le pain que vous nous donnerez, vous l'arracherez un jour des mains de vos enfants...

MINARD. Que dites-vous ?

MERCADET. Et moi, malgré vos généreux efforts, je tomberai écrasé sous une ruine honteuse... car les sommes énormes que je dois, un brillant mariage pour ma fille peut seul en éloigner l'échéance.. Avec du temps je retrouve la confiance, le crédit ; avec l'aide d'un gendre riche, je reconquiers ma position, ma fortune ! Le mariage de ma fille ! Mais c'est notre dernière ancre de salut... Ce mariage c'est notre espérance, notre richesse, c'est notre honneur, monsieur !... et puisque vous aimez ma fille, c'est à cet amour même que j'en appelle, mon ami... ne la condamnez pas à la misère, ne la condamnez pas au regret d'avoir causé la perte et la honte de son père !

MINARD. Mais que demandez-vous ?... que voulez-vous que je fasse ?

MERCADET. Je veux que vous trouviez dans cette noble affection que vous avez pour elle, plus de courage que j n'en aurais moi-même.

MINARD. Ce courage, je l'aurai.

MERCADET. Écoutez-moi bien... Si je vous refusais Julie, Julie refuserait celui que je lui destine. Il faut donc... que je vous accorde sa main... et que ce soit vous.

MINARD. Moi !... elle ne le croira pas, monsieur...

MERCADET. Elle vous croira, si vous dites que vous craignez la pauvreté pour elle.

MINARD. Elle m'accusera d'avoir spéculé sur sa fortune.

MERCADET. Elle vous devra le bonheur.

MINARD. Mais elle me méprisera, monsieur !

MERCADET. C'est vrai ! mais si j'ai bien lu dans votre cœur, vous l'aimez assez pour vous sacrifier tout entier au bonheur de sa vie. La voilà, monsieur, sa mère est avec elle... C'est pour elles deux que je vous prie, monsieur; puis-je compter sur vous ?

MERCADET. Vous. .. le pouvez.

MINARD. Bien, bien... merci.

SCÈNE III.

MERCADET, MINARD, JULIE, Mme MERCADET.

JULIE. Venez, ma mère, je suis sûre qu'Adolphe a triomphé de tous les obstacles.

Mme MERCADET. Mon ami, monsieur vous a demandé la main de Julie, quelle réponse lui avez-vous faite ?

MERCADET. C'est à monsieur de parler.

MINARD, à part. Comment lui dire ?... mon cœur se brise !

JULIE. Eh bien, Adolphe ?

MINARD. Mademoiselle... ..

JULIE. Mademoiselle !... Ne suis-je plus Julie. Oh ! parlez-moi vite... tout est arrangé avec mon père, n'est-ce pas ?

MINARD. Votre père a eu confiance en moi... il m'a dévoilé sa position, il m'a dit...

JULIE. Achevez, achevez donc.

MERCADET. J'ai dit à monsieur que nous sommes ruinés.

JULIE. Et cet aveu n'a rien changé à vos desseins... à votre amour... n'est-ce pas, Adolphe.

MINARD, avec feu. A mon amour ! (Mercadet, sans être vu, lui saisit la main.) Je vous tromperais... mademoiselle, (parlant avec effort) si je vous disais que mes desseins sont demeurés les mêmes.

JULIE. Oh ! c'est impossible ! ce n'est pas vous qui me parlez ainsi.

Mme MERCADET. Julie.

MINARD. Il y a des hommes à qui la misère donne de l'énergie, des hommes qui seraient heureux d'un dévouement de chaque jour, d'un travail de chaque heure, et qui se croiraient mille fois payés par un sourire de joie d'une compagne chérie. (Se contraignant.) Moi, mademoiselle... je ne suis pas de ceux-là... la pensée de la misère m'abat... je... je ne soutiendrais pas la vue de votre malheur.

JULIE, pleurant et se jetant dans les bras de sa mère. O ma mère ! ma mère !

Mme MERCADET. Ma fille... ma pauvre Julie !

MINARD, bas. En est-ce assez, monsieur ?

JULIE. J'aurais eu du courage pour deux... vous ne m'auriez jamais vue que souriante... j'aurais travaillé sans regret, et le bonheur aurait toujours régné dans notre ménage... vous ne l'aurez pas voulu, Adolphe !... vous ne l'avez pas voulu.

MINARD, bas. Laissez-moi... laissez-moi partir, monsieur.

MERCADET. Venez...

MINARD. Adieu .. Julie... l'amour qui vous livre à la misère est insensé. J'ai préféré l'amour qui se sacrifie à votre bonheur...

JULIE. Non... je ne vous crois plus. (Bas à sa mère.) Mon seul bonheur était d'être à lui.

JUSTIN. Monsieur de la Brive ! monsieur de Méricourt.

MERCADET. Emmenez votre fille, madame... Vous, monsieur, suivez-moi... (A Justin.) Faites attendre ici. (A Minard.) Allons... je suis content de vous.

SCÈNE IV.

DE LA BRIVE, MÉRICOURT.

JUSTIN. Monsieur prie ces messieurs de vouloir bien l'attendre ici.

MÉRICOURT. Enfin, mon cher, te voilà dans la place, et tu vas être bientôt officiellement le prétendu de mademoiselle Mercadet ! Conduis bien ta barque, le père est un finaud.

DE LA BRIVE. Et c'est ce qui m'effraye, il sera difficile !

MÉRICOURT. Je ne crois pas ; Mercadet est un spéculateur, riche aujourd'hui, demain il peut se trouver pauvre. D'après le peu que sa femme m'a dit de ses affaires, je crois qu'il est enchanté de mettre une portion de sa fortune sous le nom de sa fille, et d'avoir un gendre capable de l'aider dans ses conceptions.

DE LA BRIVE. C'est une idée ! elle me va ; mais s'il voulait prendre trop de renseignements ?

MÉRICOURT. J'en ai donné d'excellents à monsieur Mercadet.

DE LA BRIVE. Ce qui m'arrive est tellement heureux !...

MÉRICOURT. Vas-tu perdre ton aplomb de dandy ? Je comprends bien tout ce que ta situation a de périlleux. Il faut être arrivé au dernier degré de désespoir pour se marier. Le mariage est le suicide des dandys, après en avoir été la plus belle gloire. (Bas.) Voyons, peux-tu tenir encore ?

DE LA BRIVE. Si je n'avais pas deux noms, un

pour les huissiers, un autre pour le monde élégant, je serais banni du boulevard. Les femmes et moi, tu le sais, nous nous sommes ruinés réciproquement, et par les mœurs qui courent, rencontrer uue Anglaise, une aimable douairière, un Potose amoureux ! c'est comme les carlins, une espèce perdue !

MÉRICOURT. Le jeu ?

DE LA BRIVE. Oh ! le jeu n'est une ressource infaillible que pour certains chevaliers, et je ne suis pas assez fou pour risquer le déshonneur contre quelques gains, qui toujours ont leur terme. La publicité, mon cher, a perdu toutes les mauvaises carrières où jadis on faisait fortune. Donc, sur cent mille francs d'acceptations, l'usure no me donnerait pas dix mille francs ! Pierquin m'a renvoyé à un sous-Pierquin, un petit père Violette, qui a dit à mon courtier que ce serait acheter des timbres trop cher... Mon tailleur se refuse à comprendre mon avenir. Mon cheval vit à crédit. Quant à ce petit malheureux, si bien vêtu, mon tigre, je ne sais pas comment il respire, ni où il se nourrit. Je n'ose pénétrer ce mystère. Or, comme nous ne sommes pas assez avancés en civilisation pour qu'on fasse une loi semblable à celle des Juifs qui supprimait toutes les dettes à chaque demi-siècle, il faut payer de sa personne. On dira de moi des horreurs... Un jeune homme très-compté parmi les élégants, assez heureux au jeu, de figure passable, qui n'a pas vingt-huit ans, se marier avec la fille d'un riche spéculateur '

MÉRICOURT. Qu'importe !

DE LA BRIVE. C'est un peu leste ! mais je me lasse de la vie fainéante. Je le vois, le plus court chemin pour amasser du bien, c'est encore de travailler ! mais... notre malheur, à nous autres, est de nous sentir aptes à tout, et de n'être, en définitive, bons à rien ! Un homme comme moi, capable d'inspirer des passions et de les justifier, ne peut être ni commis ni soldat ! La société n'a pas créé d'emploi pour nous. Eh bien ! je ferai des affaires avec Mercadet ; c'est un des plus faiseurs. Tu es bien sûr qu'il ne peut pas donner moins de cent cinquante mille francs à sa fille ?

MÉRICOURT. Mon cher, d'après la tenue de madame Mercadet ; enfin, tu la vois à toutes les premières représentations : aux Bouffes à l'Opéra, elle est d'une élégance...

DE LA BRIVE. Mais je suis assez élégant, moi, et...

MÉRICOURT. Vois... tout annonce ici l'opulence... Oh !.. ils sont très-bien !

DE LA BRIVE. C'est la splendeur bourgeoise... du cossu, ça promet.

MÉRICOURT. Puis, la mère a des principes... mœurs irréprochables. As-tu le temps de conclure ?

DE LA BRIVE. Je me suis mis en mesure. J'ai gagné hier, au club, de quoi faire les choses très-bien ; pour la corbeille, je donnerai quelque chose, et je devrai le reste.

MÉRICOURT. Sans me compter, à quoi montent tes dettes ?

DE LA BRIVE. Une bagatelle ! cent cinquante mille francs, que mon beau-père fera réduire à cinquante mille ; il me restera donc cent mille francs, et c'est de quoi lancer une première affaire. Je l'ai toujours dit, je ne deviendrai riche que lorsque je n'aurai plus le sou.

MÉRICOURT. Mercadet est un homme fin ; il te questionnera sur ta fortune : es-tu préparé ?

DE LA BRIVE. N'ai-je pas la terre de la Brive ? trois mille arpents dans les landes, qui valent trente mille francs, hypothéquée de quarante-cinq mille francs, et qui peut se mettre en actions, pour en extraire n'importe quoi ; au

chiffre de cent mille écus ? tu ne te figures pas ce qu'elle m'a rapporté cette terre !...

MÉRICOURT. Ton nom, ta terre et ton cheval sont à deux fins.

DE LA BRIVE. Pas si haut !...

MÉRICOURT. Ainsi, tu es bien décidé ?

DE LA BRIVE. D'autant plus que je veux être un homme politique.

MÉRICOURT. Au fait... tu es bien assez habile pour ça !

DE LA BRIVE. Je serai d'abord journaliste !

MÉRICOURT. Toi, qui n'as pas écrit deux lignes !

DE LA BRIVE. Il y a les journalistes qui écrivent et ceux qui n'écrivent point. Les uns, les rédacteurs, sont les chevaux qui traînent la voiture ; les autres, les propriétaires, sont les entrepreneurs : ils donnent aux uns de l'avoine et gardent les capitaux. Je serai propriétaire. On se pose fièrement... on dit : La question d'Orient... question très-grave, question qui nous mènera loin, et dont on ne se doute pas !... On résume une discussion en s'écriant : L'Angleterre, monsieur, nous jouera toujours ; ou bien on répond à un monsieur qui a parlé longtemps et qu'on n'a pas écouté : Nous marchons à un abîme, nous n'avons pas encore accompli toutes les évolutions de la phase révolutionnaire ! A un industriel : Monsieur, je pense que sur cette question il y a quelque chose à faire. On parle fort peu, on court, on se rend utile, on fait les démarches qu'un homme au pouvoir ne peut pas faire lui-même... On passe pour donner le sens à des articles... remarqués ! et puis, s'il le faut absolument, eh bien, on trouve à publier un volume jaune sur une utopie quelconque, si bien écrit, si fort, que personne ne l'ouvre, et que tout le monde dit l'avoir lu ! On devient alors un homme sérieux, et l'on finit par se trouver quelqu'un au lieu de se trouver quelque chose.

MÉRICOURT. Hélas ! ton programme a souvent raison de notre temps.

DE LA BRIVE. Mais nous en voyons d'éclatantes preuves ! Pour vous appeler au partage du pouvoir, on ne vous demande pas aujourd'hui ce que vous pouvez faire de bien, mais ce que vous pouvez faire de mal. Il ne s'agit pas seulement d'avoir des talents, mais d'inspirer la peur. On est très-craintif et politique. Aussi, le lendemain de mon mariage, aurai-je un air grave, profond, et des principes ! Je puis choisir, nous avons en France une carte de principes aussi variée que celle d'un restaurateur. Je serai... socialiste... Le mot me plaît ! A toutes les époques, mon cher, il y a des adjectifs qui sont le passe-partout des ambitions ! Avant 1789, on se disait économiste ; en 1815, on était libéral : le parti de demain s'appellera social ! peut-être parce qu'il est insocial. Car en France, il faut toujours prendre l'envers du mot pour en trouver la vraie signification !...

MÉRICOURT. Mais, entre nous, tu n'as que le jargon du bal masqué, qui passe pour de l'esprit auprès de ceux qui ne parlent pas. Comment feras-tu ? car il faut un peu de savoir.

DE LA BRIVE. Mon ami, dans toutes les parties, dans les sciences, dans les arts, dans les lettres, il faut une mise de fonds, des connaissances spéciales, et prouver sa capacité : mais en politique, mon cher, on a tout et on est tout, avec un seul mot.

MÉRICOURT. Lequel ?

DE LA BRIVE. Celui-ci : les principes de mes amis... l'opinion à laquelle j'appartiens... cherchez...

MÉRICOURT. Chut ! le beau-père !

LES MÊMES, MERCADET.

MERCADET. Bonjour, mon cher Méricourt ! (*A de la Brive.*) Ces dames vous font attendre, monsieur ; ah ! les toilettes... moi, j'étais en train de congédier... parbleu, je puis vous le dire, un prétendant à la main de Julie... Pauvre jeune homme !... j'ai peut-être été sévère, et je le plains. Il adore ma fille... que voulez-vous ? Il n'a que dix mille francs de rentes.

DE LA BRIVE. On ne va pas loin avec cela !

MERCADET. On végète !

DE LA BRIVE. Et vous n'êtes pas homme à donner une fille riche et spirituelle au premier venu...

MÉRICOURT. Non certes...

MERCADET. Monsieus, avant que ces dames ne viennent, nous pouvons traiter les affaires sérieuses.

DE LA BRIVE. Voici la crise !

MERCADET. Aimez-vous bien ma fille ?

DE LA BRIVE. Passionnément !...

MERCADET. Passionnément !

MÉRICOURT, *bas.* Tu vas trop loin...

DE LA BRIVE, *bas.* Attends ! (*Haut.*) Monsieur, je suis ambitieux... et j'ai vu en mademoiselle Julie une personne très-distinguée, pleine d'esprit, douée de charmantes manières, qui ne sera jamais déplacée en quelque lieu que me porte ma fortune, et c'est une des conditions essentielles à un homme politique.

MERCADET. Je vous comprends ! on trouve toujours une femme, mais il est très-rare qu'un homme qui veut être ministre ou ambassadeur, rencontre (disons le mot, nous sommes entre hommes !) sa femelle... Vous êtes un homme d'esprit, monsieur.

DE LA BRIVE. Monsieur, je suis socialiste.

MERCADET. Une nouvelle entreprise ! mais parlons d'intérêt, maintenant.

MÉRICOURT. Il me semble que cela regarde les notaires.

DE LA BRIVE. Monsieur a raison, cela nous regarde bien davantage !

MERCADET. Monsieur a raison.

DE LA BRIVE. Monsieur, je possède pour toute fortune la terre de la Brive. Elle est dans ma famille depuis cinquante ans, et n'en sortira jamais, je l'espère.

MERCADET. Aujourd'hui, peut-être, vaut-il mieux avoir des capitaux. Les capitaux sont sous la main. S'il éclate une révolution, et nous en avons bien vu des révolutions, les capitaux nous suivent partout. La terre, au contraire, la terre paye pour tout le monde. Elle reste là, comme une sotte, à supporter les impôts, tandis que le capital s'esquive ! Mais ce ne sera pas un obstacle... Quelle est son importance ?

DE LA BRIVE. Trois mille arpents sans enclaves.

MERCADET. Sans enclaves ?

MÉRICOURT. Que vous ai-je dit ?

MERCADET. Monsieur !

DE LA BRIVE. Un château...

MERCADET. Monsieur !

DE LA BRIVE. Des marais salants qu'on pourrait exploiter dès que l'administration voudra le permettre, et qui donneraient des produits énormes !

MERCADET. Monsieur ! Pourquoi nous sommes-nous connus si tard !... Cette terre est donc au bord de la mer ?

DE LA BRIVE. A une demi-lieue.

MERCADET. Elle est située ?

DE LA BRIVE. Près de Bordeaux.

MERCADET. Vous avez des vignes?

DE LA BRIVE. Non, monsieur, non, heureusement! car on est très-embarrassé de placer ses vins, et puis, la vigne demande tant de frais!... Ma terre fut plantée en pins par mon grand-père, homme de génie, qui eut l'esprit de se sacrifier à la fortune de ses enfants... Ah! j'ai le mobilier que vous me connaissez...

MERCADET. Monsieur, un moment; un homme d'affaires met les points sur les l...

DE LA BRIVE, bas. Aïe, aïe!...

MERCADET. Vos terres, vos marais.... car je vois tout le parti qu'on peut tirer de ces marais!... On peut former une société en commandite pour l'exploitation des marais salants de la Brive!... Il y a là plus d'un million!...

DE LA BRIVE. Je le sais bien, monsieur, il ne s'agit que de se le faire offrir.

MERCADET, à part. Voilà un mot qui révèle une certaine intelligence. (Haut.) Mais avez-vous des dettes? Est-ce hypothéqué?

MÉRICOURT. Vous n'estimeriez pas mon ami s'il n'avait pas de dettes...

DE LA BRIVE. Je serai franc, monsieur; il y a pour quarante-cinq mille francs d'hypothèques sur la terre de la Brive.

MERCADET, à part. Innocent jeune homme! il pouvait... (Haut.) Vous avez mon agrément; vous serez mon gendre, vous êtes l'époux de mon choix. Vous ne connaissez pas votre fortune!!!

DE LA BRIVE, à Méricourt. Mais cela va trop bien!

MÉRICOURT, à de la Brive. Il a vu une spéculation qui l'éblouit.

MERCADET, à part. Avec des protections, et on les achète, on les achète, on peut faire des salines. Je suis sauvé. Permettez-moi de vous serrer la main à l'anglaise; vous réalisez tout ce que j'attendais de mon gendre. Je le vois, vous n'avez pas l'esprit étroit des propriétaires de la province, nous nous entendrons.

DE LA BRIVE. Monsieur, vous ne trouverez pas mauvais que de mon côté je vous demande..

MERCADET. Quelle sera la fortune de ma fille? Je me défierais de vous si vous ne le faisiez pas!... Ma fille se marie avec ses droits; sa mère lui fera l'abandon de ses biens, en une petite propriété, une petite ferme qui n'a que deux cents arpents, mais qui est en pleine Brie, bien bâtie, ma foi!... Moi, je lui donne deux cent mille francs, dont je vous servirai la rente jusqu'à ce que vous ayez trouvé un placement sûr!... Car, jeune homme, il ne faut pas vous abuser, nous allons brasser des affaires; moi, je vous aime, vous me plaisez... vous avez de l'ambition!...

DE LA BRIVE. Oui, monsieur.

MERCADET. Vous aimez le luxe, la dépense, vous voulez briller à Paris...

DE LA BRIVE. Oui, monsieur.

MERCADET. Et jouer un rôle...

DE LA BRIVE. Oui, monsieur.

MERCADET. Eh bien! déjà vieux, obligé de reporter mon ambition sur un autre moi-même, je vous laisserai le rôle brillant.

DE LA BRIVE. Monsieur, j'aurais eu à choisir entre tous les beaux-pères de Paris, c'est à vous que j'aurais donné la préférence. Vous êtes selon mon cœur! Permettez que je vous serre la main à l'anglaise! (Autre poignée de main.)

MERCADET, à part. Mais ça va trop bien!

DE LA BRIVE, à part. Il donne dans mon étang la tête la première.

MERCADET, à part. Il accepte une rente!

MÉRICOURT, à de la Brive. Tu es content?

DE LA BRIVE, bas. Je ne vois pas l'argent de mes dettes...

MÉRICOURT, bas. Attends. (A Mercadet.) Mon ami n'ose pas vous le dire, mais il est trop honnête homme pour vous le cacher, il a quelques petites dettes...

MERCADET. Eh! parlez, je comprends parfaitement ces choses-là. Voyons, une cinquantaine de mille?

MÉRICOURT. A peu près...

DE LA BRIVE. A peu près...

MERCADET. Des misères.

DE LA BRIVE, riant. Des misères!

MERCADET. Ce sera comme un petit vaudeville à jouer entre votre femme et vous, oui, laissez-lui le plaisir de... d'ailleurs nous les payerons... (A part.) En actions des salines de la Brive. (Haut.) C'est si peu de chose... (A part.) Nous évaluerons l'étang cent mille francs de plus. (Haut.) Affaire conclue, mon gendre!

DE LA BRIVE. Affaire conclue, beau-père!

MERCADET, à part. Je suis sauvé.

DE LA BRIVE, à part. Je suis sauvé!

SCÈNE VI.

LES MÊMES, Mme MERCADET, JULIE.

MERCADET. Voici ma femme et ma fille.

MÉRICOURT. Madame, permettez-moi de vous présenter monsieur de la Brive, un jeune homme de mes amis, qui a pour mademoiselle votre fille une admiration...

DE LA BRIVE. Passionnée.

MERCADET. Ma fille est tout à fait la femme qui convient à un homme politique.

DE LA BRIVE, à Méricourt, il lorgne Julie. Parfaitement bien. (A madame Mercadet.) Telle mère, telle fille, madame; je mets mes espérances sous votre protection.

Mme MERCADET. Présenté par monsieur Méricourt, monsieur ne peut être que bien venu.

JULIE. Quel fat!

MERCADET, à sa fille. Puissamment riche! Nous serons tous millionnaires!... et un garçon excessivement spirituel. Allons, soyez aimable, il le faut.

JULIE. Que voulez-vous que je dise à un damoy que je vois pour la première fois, et que vous me donnez pour mari?

DE LA BRIVE. Mademoiselle veut-elle me permettre d'espérer qu'elle ne sera pas contraire...

JULIE. Mon devoir est d'obéir à mon père.

DE LA BRIVE. Les jeunes personnes ne sont pas toujours dans le secret des sentiments qu'elles inspirent. Voici deux mois que j'ambitionne le bonheur de vous offrir mes hommages.

JULIE. Qui, plus que moi, monsieur, peut se trouver flattée d'exciter l'attention?...

Mme MERCADET, à Méricourt. C'est fort bien. (Haut.) Monsieur de la Brive nous fera sans doute, ainsi que son ami, le plaisir d'accepter à dîner sans cérémonie?

MERCADET. La fortune du pot!... (A de la Brive.) Vous serez indulgent.

JUSTIN, entrant du fond, bas à Mercadet. Monsieur Pierquin demande à parler à monsieur.

MERCADET, bas. Pierquin?

JUSTIN. Il s'agit, dit-il, d'une affaire importante et pressée.

MERCADET. Que peut-il me vouloir? Qu'il vienne. (Justin sort. Haut.) Ma chère, ces messieurs doivent être fatigués, si vous les conduisiez au salon... Monsieur de la Brive, offrez le bras à ma fille.

DE LA BRIVE. Mademoiselle...

JULIE, à part. Il est bien fait, il est riche, pourquoi me recherche-t-il?

Mme MERCADET. Monsieur de Méricourt, venez-vous voir le tableau que nous devons mettre en loterie pour les pauvres orphelins?

MÉRICOURT. Je suis à vos ordres, madame.

MERCADET. Allez... Je vous suis dans un instant.

SCÈNE VII.

MERCADET, puis PIERQUIN.

MERCADET, seul. Allons, cette fois, je tiens réellement la fortune, le bonheur de Julie, notre bonheur à tous... car c'est une mine d'or qu'un gendre pareil!... trois mille arpents! un château! des marais!... (Il s'assied à son bureau.)

PIERQUIN, entrant. Bonjour, Mercadet... J'arrive...

MERCADET. Mal... que me voulez-vous?

PIERQUIN. Je serai bref. Les titres que je vous ai cédés ce matin sur un nommé Michonnin... c'est une valeur nulle... je vous ai prévenu.

MERCADET. Je le sais.

PIERQUIN. J'en offre mille écus.

MERCADET. C'est trop pour que ce soit assez! Pour que vous donniez cette somme, il faut que cela vaille infiniment plus... On m'attend, au revoir.

PIERQUIN. Quatre mille francs?

MERCADET. Non.

PIERQUIN. Cinq... six mille.

MERCADET. Jouez donc cartes sur table... Pourquoi voulez-vous ravoir ces titres?

PIERQUIN. Michonnin... Michonnin m'a insulté, je veux me venger de lui, l'envoyer à Clichy.

MERCADET. Six mille francs de vengeance! vous n'êtes pas homme à vous passer ce luxe-là.

PIERQUIN. Je vous assure...

MERCADET. Allons donc, mon cher, une bonne diffamation n'est cotée dans le Code qu'à cinq ou six cents livres, et le tarif d'un soufflet n'est que de cinquante francs.

PIERQUIN. Je vous jure...

MERCADET. Le Michonnin a hérité? Les quarante-sept mille valent quarante-sept mille francs? mettez-moi au courant... et partage égal!

PIERQUIN. Eh bien, soit... Michonnet se marie.

MERCADET. Après... avec?

PIERQUIN. La fille de je ne sais quel nabab! un imbécile qui donne une dot énorme.

MERCADET. Où demeure Michonnin?

PIERQUIN. Pour exercer les poursuites? Il est sans demeure fixe à Paris... ses meubles sont sous le nom d'un ami; mais le domicile légal doit être aux environs de Bordeaux, dans un village d'... rmont.

MERCADET. Attendez donc, j'ai quelqu'un ici de ce pays-là... dans un instant j'aurai des renseignements exacts... nous nous mettrons en mesure.

PIERQUIN. Envoyez-moi les pièces et chargez-moi de l'affaire.

MERCADET. Je le veux bien... on vous remettra contre la convention du partage bien signée. Je serai tout entier au mariage de ma fille.

PIERQUIN. Qui marche toujours bien ?

MERCADET. A merveille... mon gendre est gentilhomme, riche malgré cela, et spirituel quoique gentilhomme et riche.

PIERQUIN. Mes compliments.

MERCADET. Un mot encore... Vous dites : Michonnin, au village d'Ermont, environs de Bordeaux?

PIERQUIN. Il a par là une vieille tante : une bonne femme Bourdillac, qui grignotte six cents livres par an, qu'il a décorée marquise de Bourdillac et dotée d'une santé délicate avec quarante mille francs de rente.

MERCADET. C'est bien, au revoir.

PIERQUIN. Au revoir.

MERCADET, *sonnant à son bureau*. Justin !

JUSTIN. Monsieur a appelé?

MERCADET. Priez monsieur de la Brive de vouloir bien venir causer un instant avec moi. C'est vingt-trois mille francs tout trouvés... nous pourrons faire merveilleusement les choses pour le mariage de Julie.

SCÈNE VIII.

MERCADET, DE LA BRIVE, JUSTIN.

DE LA BRIVE. Tenez, remettez ce mot... et prenez ceci pour vous.

JUSTIN. Un louis! mademoiselle sera heureuse en ménage.

DE LA BRIVE. Vous désirez me parler, mon cher beau-père?

MERCADET. Oui... vous voyez, j'agis déjà sans façons avec vous. Asseyez-vous donc.

DE LA BRIVE. Et je vous en sais gré.

MERCADET. Je voudrais quelques renseignements sur un débiteur qui habite, comme vous, aux environs de Bordeaux.

DE LA BRIVE. Je connais tous ceux du pays.

MERCADET. Au besoin, vous auriez là-bas quelque parent pour nous renseigner?

DE LA BRIVE. Des parents! Je n'ai qu'une vieille tante.

MERCADET. Une... une vieille tante.

DE LA BRIVE. D'une santé.

MERCADET, *tremblant*. Dé... délicate?

DE LA BRIVE. Et riche de quarante mille livres de rente.

MERCADET. Ah ! mon Dieu ! c'est le chiffre !

DE LA BRIVE. C'est, comme vous voyez, une bonne femme à ménager que la marquise...

MERCADET. De Bourdillac !... monsieur !

DE LA BRIVE. Tiens! vous savez son nom ?

MERCADET. Et le vôtre !

DE LA BRIVE. Ah ! diable :

MERCADET. Vous êtes criblé de dettes; vos meubles sont au nom d'un autre ; votre vieille tante a six cents livres de rente; Pierquin, un quart de vos créanciers, a quarante-sept mille francs de lettres de change sur vous... Vous êtes Michonnin, et je suis le nabab imbécile !

DE LA BRIVE. Ma foi! vous êtes aussi instruit que moi.

MERCADET. Allons, le diable entre de nouveau dans mon jeu.

DE LA BRIVE. La noce est faite!... Je ne suis plus socialiste, je deviens communiste.

MERCADET. Trompé comme à la Bourse!

DE LA BRIVE. Soyons dignes de nous-même!

MERCADET. Monsieur Michonnin, votre conduite est plus que blâmable!

DE LA BRIVE. En quoi ?.. ne vous ai-je pas dit que j'avais des dettes?

MERCADET. Soit, on peut avoir des dettes ; mais où est située votre terre?

DE LA BRIVE. Dans les landes.

MERCADET. Elle consiste ?

DE LA BRIVE. En sables, plantés de sapins.

MERCADET. De quoi faire des cure-dents.

DE LA BRIVE. A peu près.

MERCADET. Et cela vaut...

DE LA BRIVE. Trente mille francs.

MERCADET. Et c'est hypothéqué de...

DE LA BRIVE. Quarante-cinq mille.

MERCADET. Vous avez eu ce talent-là !...

DE LA BRIVE. Mais oui...

MERCADET. Peste !... ce n'est pas maladroit !. et vos marais, monsieur?

DE LA BRIVE. Ils touchent à la mer.

MERCADET. C'est tout bonnement l'Océan !

DE LA BRIVE. Les gens du pays ont eu la méchanceté de le dire, et mes emprunts se sont arrêtés... net !...

MERCADET. Il eût été très-difficile de mettre la mer en actions !... Monsieur, entre nous, votre moralité me semble...

DE LA BRIVE. Assez...

MERCADET. Hasardée !

DE LA BRIVE, *se fâchant*. Monsieur!... (*Se calmant.*) Si ce n'est qu'entre nous !

MERCADET. Vous mettez votre mobilier sous le nom d'un ami, vous signez vos lettres de change du nom de Michonnin, et vous ne portez que le nom de la Brive.

DE LA BRIVE. Eh bien! monsieur, après ?...

MERCADET. Après ?... je pourrais vous faire un fort méchant parti...

DE LA BRIVE. Monsieur, je suis votre hôte !... d'ailleurs, je pouvais tout nier... Quelles preuves avez-vous?

MERCADET. Quelles preuves ?... J'ai dans les mains vos quarante-sept mille francs de lettres de change...

DE LA BRIVE. Souscrites, ordre Pierquin?

MERCADET. Précisément.

DE LA BRIVE. Et vous les avez depuis ce matin?

MERCADET. Depuis ce matin ?

DE LA BRIVE. En échange d'actions sans valeurs, de titres sans dividendes.

MERCADET. Monsieur !

DE LA BRIVE. Et pour cimenter le marché, Pierquin, l'un de vos moindres créanciers, vous a donné un délai de trois mois.

MERCADET. Qui vous a dit cela?

DE LA BRIVE. Qui? Pierquin lui-même quand j'ai voulu, tantôt, entrer en arrangement.

MERCADET. Diable !

DE LA BRIVE. Ah! vous donnez deux cent mille francs à votre fille, et vous avez cent mille écus de dettes !... Entre nous, vous vouliez escroquer un gendre, monsieur.

MERCADET, *se fâchant*. Monsieur !... (*Se calmant.*) Si ce n'est qu'entre nous!

DE LA BRIVE. Vous abusiez de mon inexpérience!

MERCADET. L'inexpérience d'un homme qui emprunte sur des sables une somme de soixante pour cent au delà de leur valeur!

DE LA BRIVE. Avec des sables on fait du cristal !

MERCADET. C'est une idée !

DE LA BRIVE. Ainsi, monsieur...

MERCADET. Silence ! Promettez-moi du moins le secret sur ce mariage rompu.

DE LA BRIVE. Je vous le jure. Ah! excepté pour Pierquin. Je viens de lui écrire pour le tranquilliser.

MERCADET. La lettre que vous venez d'envoyer ?

DE LA BRIVE. C'est cela même.

MERCADET. Et vous lui avez dit?

DE LA BRIVE. Le nom de mon beau-père. Dame ! je vous croyais riche.

MERCADET, *désolé*. Vous avez écrit cela à Pierquin... tout est fini... ils vont tous savoir à la Bourse cette nouvelle déconfiture !... mais je suis perdu!... Si je m'adressais à lui... si je lui demandais...

SCÈNE IX.

LES MÊMES, Mme MERCADET, JULIE, VERDELIN.

Mme MERCADET. Mon ami, monsieur Verdelin.

JULIE. Tenez, monsieur, voici mon père.

MERCADET. Ah! c'est... c'est toi, Verdelin, tu viens... tu viens dîner?

VERDELIN. Non, je ne dîne pas...

MERCADET. Il sait tout... il est furieux !

VERDELIN. C'est monsieur qui est ton gendre? Voilà donc ce beau mariage!

MERCADET. Ce mariage, mon cher, n'a plus lieu.

JULIE. Quel bonheur !

Mme MERCADET. Ma fille !

MERCADET. Je suis trompé par Méricourt.

VERDELIN. Et tu m'as joué ce matin une de tes comédies pour m'arracher mille écus; mais l'aventure est divulguée, tout le monde en rit à la Bourse.

MERCADET. Ils ont appris...

VERDELIN. Que tu as ton portefeuille plein de lettres de change sur monsieur ton gendre, et Pierquin m'a annoncé que tes créanciers exaspérés se réunissent ce soir chez Goulard, pour agir tous demain, comme un seul homme!

MERCADET. Ce soir ! demain! Ah! j'entends sonner le glas de la faillite !

VERDELIN. Oui, demain... ils l'ont dit : le fiacre et Clichy...

Mme MERCADET *et* JULIE. Grand Dieu !

MERCADET. Un fiacre !... le corbillard du spéculateur !

VERDELIN. On veut débarrasser la Bourse, autant qu'on le pourra, de tous les faiseurs !

MERCADET. Les imbéciles! ils veulent donc en faire un désert !... et moi, perdu ! chassé de la Bourse!.. La ruine! la honte !.. la misère !.. Allons donc!.. c'est impossible !...

DE LA BRIVE. Croyez, monsieur, que je regrette d'avoir été pour quelque chose...

MERCADET. Vous! (*A mi-voix.*) Écoutez, vous avez hâté ma perte... vous pouvez aider à me sauver.

DE LA BRIVE. Et les conditions ?...

MERCADET. Je vous les ferai bonnes! Oui, c'est une idée hardie ! Mon plan est là !... Demain, la Bourse reconnaîtra dans Mercadet un de ses maîtres...

VERDELIN. Que dit-il ?

MERCADET. Demain, toutes mes dettes seront payées, et la maison Mercadet remuera des millions... Je serai le Napoléon des affaires..

VERDELIN. Quel homme!

MERCADET. Et sans Waterloo !

VERDELIN. Et des troupes !

MERCADET. Je payerai !... Que peut-on répondre à un négociant qui dit : Passez à la caisse !... Allons dîner...

VERDELIN. Soit ! je dîne alors, et je suis enchanté !

MERCADET. Ils l'ont voulu !... demain je trône sur des millions, ou je me couche dans les draps humides de la Seine !...

ACTE III.

Au fond, cheminée, et au-dessus une glace sans tain. — De chaque côté une porte : portes latérales. — Au milieu du théâtre, un grand guéridon, chaises autour. — Canapé près de la cheminée. — Fauteuils à droite et à gauche.

SCÈNE PREMIÈRE.

JUSTIN, THÉRÈSE, VIRGINIE, *puis* MERCADET.

THÉRÈSE. Est-ce qu'ils auraient, par hasard, la prétention de nous cacher leurs affaires?

VIRGINIE. Le père Grumeau dit que monsieur va-t-être arrêté... Je veux que l'on compte ma dépense... C'est qu'il m'en est dû de cet argent, outre mes gages !...

THÉRÈSE. Oh! soyez tranquille, nous allons tout perdre, monsieur fait faillite.

JUSTIN. Je n'entends rien! Ils parlent trop bas! Ces maîtres... ça se méfie pourtant de nous!

VIRGINIE. Quelle horreur!

JUSTIN. Attendez, je crois que j'entends.

MERCADET. Ne vous dérangez pas!

JUSTIN. Monsieur, je... rangeais...

MERCADET. En vérité! Restez donc, mademoiselle Virginie!... et vous, monsieur Justin, pourquoi n'entriez-vous pas? nous aurions causé de mes affaires.

JUSTIN. Eh! eh! monsieur m'amuse.

MERCADET. J'en suis fort aise.

JUSTIN. Monsieur a le malheur gai!

MERCADET, *sévèrement*. Sortez tous, et souvenez-vous que désormais je suis visible pour tout le monde. Ne soyez ni insolents ni trop humbles avec personne, car ce ne sont plus que des créanciers payés que vous aurez à recevoir.

JUSTIN. Ah! bah !

MERCADET. Allez.

SCÈNE II.

MERCADET, Mme MERCADET, JULIE, MINARD.

MERCADET, *à part*. Bon! voici ma femme et sa fille. Dans les circonstances où je suis, les femmes gâtent tout, elles ont des nerfs. (*Haut.*) Que veux-tu, madame Mercadet ?

Mme MERCADET. Monsieur, vous comptiez sur le mariage de Julie pour raffermir votre crédit et calmer vos créanciers, mais l'événement d'hier nous met à leur merci.

MERCADET. Vous croyez? eh bien! vous n'y êtes pas du tout... Pardon, monsieur Minard, puis-je savoir ce qui vous amène?

MINARD. Monsieur... je...

JULIE. Mon père, c'est que...

MERCADET. Voulez-vous encore me demander ma fille?

MINARD. Oui, monsieur.

MERCADET. Mais on dit partout que je vais faire faillite...

MINARD. Je le sais, monsieur.

MERCADET. Et vous épouseriez la fille d'un failli?

MINARD. Oui, car je travaillerais pour le réhabiliter.

JULIE. C'est bien, Adolphe.

MERCADET. Brave jeune homme... Je l'intéresserai dans ma première grande affaire!

MINARD. Monsieur, j'ai fait connaître mon amour à celui qui me sert de père. Il m'a appris que j'ai... une petite fortune...

MERCADET. Une fortune !

MINARD. En me confiant à ses soins, on lui a remis une somme qu'il a fait valoir, et je possède maintenant trente mille francs.

MERCADET. Trente mille francs...

MINARD. En apprenant le malheur qui vous arrive, j'ai réalisé cette somme, et je vous l'apporte, monsieur ; car quelquefois avec des à-compte on arrange...

Mme MERCADET. Excellent cœur !

JULIE, *avec orgueil*. Eh bien, mon père?...

MERCADET. Trente mille francs. (*A part.*) On pourrait les tripler en achetant des actions du gaz Verdelin, puis ensuite doubler encore avec... non, non. (*A Minard.*) Enfant, vous êtes dans l'âge du dévouement.... Si je pouvais payer doux cent mille francs, la fortune de la France, la mienne, celle de bien du monde serait faite... Non, gardez votre argent.

MINARD. Comment! vous me refusez?

MERCADET, *à part*. Si avec cela, je les faisais patienter un mois ; si, par quelque coup d'audace, je ravivais des valeurs éteintes! si... mais l'argent de ces pauvres enfants, ça me serrerait le cœur. On chiffre mal en larmoyant. On ne joue bien que l'argent des actionnaires. Non, non... (*Haut.*) Adolphe, vous épouserez ma fille.

MINARD. Oh! monsieur! Julie!... ma Julie!

MERCADET. Dès qu'elle aura trois cent mille francs de dot.

Mme MERCADET. Mon ami !

JULIE. Mon père !

MINARD. Ah! monsieur, où me rejetez-vous?

MERCADET. Où je vous rejette? Dans un mois, peut-être plus tôt...

TOUS. Comment ?

MERCADET. Oui, avec de la tête, un peu d'argent. . (*Minard lui tend le portefeuille.*) Mais serrez donc ces billets!... Tenez, emmenez ma femme et ma fille, j'ai besoin d'être seul.

Mme MERCADET, *à part*. Méditerait-il quelque chose contre ses créanciers? Je le saurai... Viens, Julie.

JULIE. Mon père... vous êtes bon...

MERCADET. Parbleu !

JULIE. Et je vous aime bien...

MERCADET. Parbleu!

JULIE. Adolphe! je ne vous remercie pas, j'aurai toute la vie pour cela.

MINARD. Chère Julie...

MERCADET. Voyons, voyons, allez exhaler vos idylles plus loin...

SCÈNE III.

MERCADET, *puis* DE LA BRIVE.

MERCADET. J'ai résisté, c'est un bon mouvement ! j'ai eu tort de le suivre... Enfin, si je succombe, je leur ferai valoir ce petit capital ; je leur manœuvrerai leurs fonds... Ma pauvre fille est aimée! quels cœurs d'or! chers enfants! Allons les enrichir. De la Brive est là, il attend. Je crois qu'il dort... je l'ai un peu grisé pour le diriger à mon aise... (*Criant.*) Michonnin!... le garde du commerce !

DE LA BRIVE. Hein ! vous dites?

MERCADET. Rassurez-vous, c'était pour vous bien réveiller.

DE LA BRIVE. Monsieur, l'orgie est pour mon intelligence ce qu'est un orage pour la campagne, ça la rafraîchit ; elle verdoie! et les idées poussent, fleurissent ! *In vino varietas.*

MERCADET. Hier nous avons été interrompus dans notre conversation d'affaires.

DE LA BRIVE. Beau-père, je me le rappelle parfaitement. Nous avons reconnu que nos maisons ne peuvent plus tenir leurs engagements. Nous allons, en style de coulisse, être exécutés, vous avez le malheur d'être mon créancier, et moi, j'ai le bonheur d'être votre débiteur pour quarante-sept mille deux cent trente-trois francs et des centimes.

MERCADET. Vous n'avez pas la tête lourde?

DE LA BRIVE. Rien de lourd, ni dans les poches, ni dans la conscience. Que peut-on me reprocher?... En mangeant ma fortune, j'ai fait gagner tous les commerces parisiens, même ceux qu'on ne connaît pas ! Nous inutiles! Nous oisifs!... Allons donc!... nous animons la circulation de l'argent.

MERCADET. Par l'argent de la circulation... Ah! vous avez bien toute votre intelligence.

DE LA BRIVE. Je n'ai plus que cela.

MERCADET. C'est notre Hôtel des Monnaies à nous autres... Eh bien! dans les dispositions où je vous vois, je serai bref.

DE LA BRIVE. Alors je m'assieds,

MERCADET. Écoutez-moi... Je vous vois sur la pente dangereuse qui mène à cette audacieuse habileté que les sots reprochent aux faiseurs. Vous avez goûté aux fruits acides, enivrants du plaisir parisien. Vous avez fait du luxe le compagnon inséparable de votre existence. Paris commence à l'Étoile et finit au Jockey-Club... Paris, pour vous, c'est le monde des femmes dont on parle trop ou dont on ne parle pas.

DE LA BRIVE. C'est vrai.

MERCADET. C'est la captieuse atmosphère des gens d'esprit, du journal, du théâtre et des coulisses, du pouvoir... Vaste mer où l'on pêche ! Ou continuer cette existence, ou vous faire sauter la cervelle !

DE LA BRIVE. Non! la continuer sans me...

MERCADET. Vous sentez-vous le génie de vous soutenir en bottes vernies à la hauteur de vos vues? de dominer les gens d'esprit par la puissance du capital, par la force de votre intelligence? Aurez-vous toujours le talent de louvoyer entre ces deux caps où sombre l'élégance : le restaurant à quarante sous et Clichy ?

DE LA BRIVE. Mais vous entrez dans ma conscience comme un voleur... vous êtes ma pensée ! que voulez-vous de moi?

MERCADET. Je veux vous sauver en vous lançant dans le monde des affaires.

DE LA BRIVE. Par où ?

MERCADET. Laissez-moi choisir la porte.

DE LA BRIVE. Diable !

MERCADET. Soyez l'homme qui se compromettra pour moi...

DE LA BRIVE. Les hommes de paille peuvent brûler.

MERCADET. Soyez incombustible.

DE LA BRIVE. Comment entendez-vous les parts?

MERCADET. Essayez... Servez-moi dans la circonstance désespérée où je me trouve, et je vous rends vos quarante-sept mille deux cent trente-trois francs... Entre nous, là, vraiment, il ne faut que de l'adresse.

DE LA BRIVE. Au pistolet ou à l'épée?

MERCADET. Il n'y a personne à tuer, au contraire.

DE LA BRIVE. Ça me va.

MERCADET. Il faut faire revivre un homme.

DE LA BRIVE. Ça ne me va plus, mon cher ami... le légataire, la cassette d'Harpagon, le petit mulet de Scapin, enfin toutes les farces qui nous ont fait rire dans l'ancien théâtre sont aujourd'ui très-mal prises dans la vie réelle... On y mêle des commissaires de police que depuis l'abolition des priviléges on ne rosse plus...

MERCADET. Et cinq ans de Clichy! Hem?... quelle condamnation!

DE LA BRIVE. Au fait, c'est selon ce que vous ferez au personnage; car mon honneur est intact et vaut la peine de....

MERCADET. Vous voulez le bien placer; nous en aurons trop besoin pour n'en pas tirer tout ce qu'il vaut... Aidez-moi à rester assis autour de cette table toujours servie de la Bourse et nous nous y donnerons une indigestion... Car, voyez-vous, ceux qui cherchent des millions les trouvent très-difficilement; mais ceux qui ne les cherchent pas n'en ont jamais trouvé.

DE LA BRIVE. On peut se mettre de la partie de monsieur... Vous me rendrez mes quarante-sept mille livres.

MERCADET. Yes, sir.

DE LA BRIVE. Je ne serai que... très-habile?

MERCADET. Hon! hon! léger... mais cette légèreté sera, comme disent les Anglais, du bon côté de la loi.

DE LA BRIVE. De quoi s'agit-il?

MERCADET. Voici vos instructions écrites; vous serez quelque chose comme un oncle d'Amérique, un associé qui revient des grandes Indes...

DE LA BRIVE. Je comprends.

MERCADET. Allez aux Champs-Élysées, achetez une chaise de poste bien crottée, faites-y mettre des chevaux et arrivez ici le corps enveloppé dans une pelisse, la tête fourrée dans un grand bonnet, tout grelottant comme un homme qui trouve notre été de glace... je vous recevrai, je vous guiderai... vous parlerez à mes créanciers, pas un ne connaît Godeau, vous les ferez patienter.

DE LA BRIVE. Longtemps?

MERCADET. Il ne me faut que deux jours... deux jours pour que Pierquin exécute les grands achats que nous aurons ordonnés, deux jours pour que les valeurs... que je sais comment relever, aient le temps d'attendre la hausse... vous serez ma garantie, ma couverture... et comme personne ne vous reconnaîtra...

DE LA BRIVE. Je cesserai d'ailleurs ce personnage dès que je vous en aurai donné pour quarante-sept mille deux cent trente-trois francs et quelques centimes.

MERCADET. C'est cela... quelqu'un... ma femme...

Mme MERCADET. Mon ami, il y a des lettres pour vous, on demande des réponses...

MERCADET. J'y vais... Au revoir, mon cher de la Brive. (*Bas.*) Pas un mot à ma femme, elle ne comprendrait pas l'opération, et la convertirait? (*Haut.*) Allez vite et n'oubliez rien.

DE LA BRIVE. Soyez sans crainte. (*Mercadet sort à gauche, de la Brive va pour en faire autant par le fond, madame Mercadet le retient.*)

SCÈNE IV.

Mme MERCADET, DE LA BRIVE.

DE LA BRIVE. Madame?...

Mme MERCADET. Pardon, monsieur

DE LA BRIVE. Veuillez m'excuser, madame, il faut que j'aille...

Mme MERCADET. Vous n'irez pas...

DE LA BRIVE. Mais vous ignorez...

Mme MERCADET. Je sais tout...

DE LA BRIVE. Comment?

Mme MERCADET. Vous méditez, vous et mon mari, de vieux moyens de comédie, j'en ai employé un plus vieux encore... je sais tout, vous dis-je...

DE LA BRIVE. Elle écoutait...

Mme MERCADET. Monsieur, le rôle qu'on veut vous faire jouer est un rôle blâmable.- honteux, vous y renoncerez...

DE LA BRIVE. Mais enfin, madame.

Mme MERCADET. Oh! je sais à qui je parle, il n'y a que quelques heures que je vous ai vu pour la première fois, et cependant... je crois vous connaître.

DE LA BRIVE. En vérité?... je ne sais plus trop alors quelle opinion vous avez de moi.

Mme MERCADET. Un jour m'a suffi pour vous bien juger... et en même temps que mon mari cherchait peut-être ce qu'il y avait en vous de folie à exploiter ou de mauvaises passions à faire éclore, moi, je devinais votre cœur et tout ce qu'il renfermait encore de bons sentiments qui pussent vous sauver...

DE LA BRIVE. Me sauver... permettez, madame

Mme MERCADET. Oui, monsieur, vous sauver, vous et mon mari... car vous allez vous perdre l'un par l'autre... mais vous comprendrez que des dettes ne déshonorent personne quand on les avoue, quand on travaille à les payer... vous avez devant vous toute votre vie, et vous avez trop d'esprit pour la vouloir flétrir à jamais pour une entreprise que la justice punirait.

DE LA BRIVE. La justice! ah! vous avez raison, madame... et je ne me prêterais certes pas à cette dangereuse comédie, si votre mari n'avait contre moi des titres...

Mme MERCADET. Qu'il vous rendra, monsieur, j'en prends l'engagement.

DE LA BRIVE. Mais, madame, je ne puis payer...

Mme MERCADET. Nous nous contenterons de votre parole, et vous vous acquitterez quand vous aurez fait loyalement votre fortune.

DE LA BRIVE. Loyalement!... ce sera peut-être un peu long.

Mme MERCADET. Nous aurons de la patience. Allons, monsieur, prévenez mon mari, afin qu'il renonce à cette tentative pour laquelle il n'aura plus votre concours.

DE LA BRIVE. Je crains un peu de le voir... j'aimerais mieux lui écrire.

Mme MERCADET. Là... vous trouverez tout ce qu'il faut... restez-y jusqu'à ce que je vienne prendre votre lettre... je la lui remettrai moi-même.

DE LA BRIVE. J'obéirai, madame. Allons! je veux encore un peu mieux que je ne croyais. C'est vous qui me l'avez appris; vous avez droit à toute ma reconnaissance. Merci, madame, merci!

Mme MERCADET. J'ai réussi... puissé-je aussi maintenant décider Mercadet!

JUSTIN. Madame... madame... les voilà... les voilà tous.

Mme MERCADET. Qui?

JUSTIN. Les créanciers de monsieur.

Mme MERCADET. Déjà.

JUSTIN. Il y en a beaucoup, madame.

Mme MERCADET. Faites-les entrer ici... Je vais prévenir mon mari...

SCENE V.

PIERQUIN, GOULARD, VIOLETTE ET PLUSIEURS AUTRES CRÉANCIERS.

GOULARD. Messieurs, nous sommes tous bien décidés, n'est-ce pas?

TOUS. Oui, oui.

PIERQUIN. Plus de promesses qui puissent nous abuser.

GOULARD. Plus de prières, plus de supplications.

VIOLETTE. Plus de ces faux à-compte, à l'aide desquels il puisait jusqu'au fond de notre bourse.

SCENE VI.

LES MÊMES, MERCADET.

MERCADET. C'est-à-dire que ces messieurs viennent tout bonnement m'arracher mon bilan.

GOULARD. A moins que vous ne trouviez moyen de tout payer aujourd'hui.

MERCADET. Aujourd'hui!

PIERQUIN. Aujourd'hui même.

MERCADET. Ah çà, vous croyez donc que je possède la planche à billets de la banque de France!

VIOLETTE. Vous n'avez donc rien à nous offrir?

MERCADET. Absolument rien! et vous allez me coffrer... Gare à celui qui payera le fiacre, mon actif ne le remboursera pas.

GOULARD. J'ajouterai cela comme tout ce que vous me devez à l'article profits et pertes.

MERCADET. Merci... Vous êtes donc tous bien décidés?

LES CRÉANCIERS. Oui!

MERCADET. Touchante unanimité... Deux heures!.. (*A part.*) De la Brive a eu tout le temps nécessaire... il doit être en route... (*Haut.*) Parbleu! messieurs, il faut avouer que vous êtes hommes d'inspiration et que vous choisissez bien votre temps!

PIERQUIN. Que signifie?

MERCADET. Pendant des mois, des années entières vous vous êtes laissé leurrer de belles promesses, tromper.. oui, tromper par des contes impossibles, est c'est ce jour que vous choisissez pour vous montrer implacables!... Ma parole d'honneur! c'est amusant! Allons à Clichy.

GOULARD. Mais, monsieur...

PIERQUIN. Il rit.

VIOLETTE. Il y a quelque chose... messieurs, il y a quelque chose!...

PIERQUIN. Nous expliquerez-vous?

GOULARD. Nous désirons savoir...

VIOLETTE. Monsieur Mercadet, s'il y a quelque chose... dites-nous-le.

MERCADET. Rien! je ne dirai rien, non... je veux être emballé!... je veux voir la mine que vous ferez tous demain ou ce soir en apprenant son retour...

GOULARD. Son retour?...

PIERQUIN. Quel retour?

VIOLETTE. Le retour de qui?

MERCADET. Le retour de... de personne!...
Allons à Clichy, messieurs ...

GOULARD. Mais enfin ... si vous attendez
quelque secours.

PIERQUIN. Si vous avez un espoir.

VIOLETTE. Ou seulement quelque gros héri-
tage.

GOULARD. Voyons!

PIERQUIN. Répondez...

VIOLETTE. Dites-nous...

MERCADET. Mais prenez donc garde, vous
fléchissez, vous fléchissez, messieurs, et si je
voulais m'en donner la peine, je vous mettrais
encore dedans... Allons, soyez donc de véri-
tables créanciers!... Moquez-vous du passé,
oubliez les brillantes affaires que je vous pro-
curais à tous, avant le départ subit de mon bon
Godeau...

GOULARD. Son bon Godeau.

PIERQUIN. Ah! si c'était...

MERCADET. Oubliez tout ce beau passé, ne
tenez aucun compte de ce que ramènerait un
retour... trop longtemps attendu et... Allons
à Clichy, messieurs, allons à Clichy.

VIOLETTE. Mercadet, vous attendez Godeau?

MERCADET. Non.

VIOLETTE. Messieurs!... il attend Godeau!

GOULARD. Serait-il vrai?

PIERQUIN. Parlez.

TOUS. Parlez, parlez.

MERCADET. Mais non, mais non... Je ne sais
pas... je... certainement il se peut que, d'un
jour à l'autre, il nous revienne des Indes avec
quelque... grande fortune... Mais je vous donne
ma parole d'honneur que je n'attends pas Godeau aujourd'hui.

VIOLETTE. Alors, c'est demain... messieurs,
il l'attend demain!

GOULARD. A moins que ce ne soit une nouvelle ruse pour gagner du temps et se moquer
de nous...

PIERQUIN. Vous croyez?

GORLARD. C'est possible!

VIOLETTE. Messieurs, il se moque de nous.

MERCADET, à part. Diable! (Haut.) Eh bien,
messieurs, partons-nous?

GOULARD. Ma foi...

MERCADET, à part. Enfin! (Haut.) O ciel!

UNE VOIX DE POSTILLON. Porte, s'il vous plaît!

MERCADET. Ah!...

GOULARD. Une voiture.

PIERQUIN. De poste!

VIOLETTE. Messieurs, c'est une voiture de
poste!

MERCADET, à part. Il ne pouvait pas mieux
arriver, ce cher de la Brive!

NOULARD. Voyez donc... couverte de pous-
sière.

VIOLETTE. Et crottée jusqu'à la capote!...
Il faut venir du fond de l'Inde pour être aussi
crotté que ça...

MERCADET. Vous ne savez ce que vous dites,
Violette, on n'arrive pas de l'Inde par terre,
mon bon.

GOULARD. Mais venez donc voir, Mercadet,
un homme en descend...

PIERQUIN. Enveloppé dans une large pelisse... venez donc...

MERCADET. Merci... pardonnez-moi, la joie,
l'émotion, je...

VIOLETTE. Il porte une cassette... Oh! la
grosse cassette... Messieurs, c'est Godeau! je
le reconnais à la cassette.

MERCADET. Eh bien, oui... j'attendais Godeau.

GOULARD. Qui revient de Calcutta.

PIERQUIN. Avec une fortune.

MERCADET. Incalculable!

VIOLETTE. Qu'est-ce que je disais?

MERCADET. Oh!... messieurs... mes amis...
mes chers... camarades... mes enfants!...

SCÈNE VII.

LES MÊMES, Mme MERCADET.

Mme MERCADET. Mercadet!... mon ami!

MERCADET. Ma femme!... (A part.) Je la
croyais sortie! Elle va tout renverser!

Mme MERCADET. Ah! mon ami!... mais vous
ne savez donc pas ce qui se passe?

MERCADET. Moi?... non... si... je...

Mme MERCADET. Godeau est de retour!

MERCADET. Hein! vous dites? (A part) Comment! elle...

Mme MERCADET. Je l'ai vu... je lui ai parlé...
c'est moi, moi qui l'ai reçu.

MERCADET, à part. De la Brive l'a conver-
tie!... Quel homme!... Bien, chère amie,
bien... vous nous sauvez...

Mme MERCADET. Moi, mais non, c'est lui,
c'est...

MERCADET, bas. Chut!... (Haut.) Il faut...
que j'aille l'embrasser, messieurs...

Mme MERCADET. Non .. attendez, attendez un
peu, mon ami, ce pauvre Godeau avait trop
présumé de ses forces .. A peine était-il chez
moi, que la fatigue... l'émotion.., enfin une
crise nerveuse s'est emparée de lui.

MERCADET. En vérité!... (A part.) Comme
elle va...

VIOLETTE. Ce pauvre Godeau.

Mme MERCADET. Madame, m'a-t-il dit, voyez
votre mari, rapportez-moi son pardon, je ne
veux me trouver en face de lui que lorsque
j'aurai réparé le passé.

GOULARD. C'est beau.

PIERQUIN. C'est sublime.

VIOLETTE. J'en pleure, messieurs, j'en
pleure.

MERCADET, à part. Ah çà, mais... c'est
une femme de première force que j'avais là,
sans m'en douter... Chère amie... Bah!
excusez-moi, messieurs... (Bas.) Ça va très-
bien.

Mme MERCADET, bas. Quel bonheur! mon
ami, cela vaut mieux que ce que vous médi-
tiez !

MERCADET. Je crois bien. (A part.) C'est
beaucoup plus fort... (Haut.) Allez le retrou-
ver, ma chère, et vous, messieurs, soyez assez
bons pour passer dans mon cabinet.... en
attendant que nous réglions nos comptes.

GOULARD. A vos ordres, mon ami.

PIERQUIN. Notre excellent ami!

VIOLETTE. Notre ami... nous sommes à vos
ordres.

MERCADET, s'appuyant sur le guéridon avec
fatuité. Eh bien!... on disait que je n'étais
qu'un faiseur !

GOULARD. Vous, un des hommes les plus
capables de Paris !

PIERQUIN. Qui gagnera des millions... dès
qu'il en aura un...

VIOLETTE. Cher monsieur Mercadet, nous
attendrons tant qu'il vous plaira...

TOUS. Certainement.

MERCADET. Un mot du lendemain!... Allez,
messieurs, je vous remercie comme si vous
aviez dit cela hier matin... Au revoir... (Bas
à Goulard.) Avant une heure, je vous fais
vendre vos actions...

GOULARD. Bien...

MERCADET, bas à Pierquin. Restez...

PIERQUIN. Je reste...

SCÈNE VIII.

MERCADET, PIERQUIN.

MERCADET. Nous voilà seuls... il n'y a pas
de temps à perdre... il y a eu de la baisse hier
sur les actions de la Basse-Indre; allez à la
Bourse, achetez-en deux cents, trois cents,
quatre cents... Goulard vous en livrera, à lui
seul, plus de moitié...

PIERQUIN. A quel terme, et comment me
couvrirez-vous?

MERCADET. Une couverte! fi donc... je traite
ferme... Apportez-moi les actions aujourd'hui,
et je paie demain.

PIERQUIN. Demain?

MERCADET, à part. Demain la h..., sera faite.

PIERQUIN. Dans la situation où vous êtes,
vous achetez évidemment pour Godeau.

MERCADET. Vous croyez?

PIERQUIN. Il vous avait donné ces ordres
dans la lettre qui annonçait son retour.

MERCADET. C'est possible... Ah! maître
Pierquin, nous allons reprendre les affaires...
je vous vois, d'ici la fin de l'année, cent mille
francs de courtage chez nous.

PIERQUIN. Cent mille francs!!!

MERCADET. Poussez raide à la baisse à la petite bourse, achetez ensuite, et... (lui donnant
une lettre) faites insérer cette lettre dans le
journal du soir... ce soir à Tortoni, il y aura
déjà vingt pour cent de hausse... Allez vite.

PIERQUIN. J'y vole... adieu!...

SCÈNE IX.

MERCADET, puis JUSTIN.

MERCADET. Allons, ça marche, et à toute
vapeur! Quand Mahomet a eu trois compères
de bonne foi (les plus difficiles à trouver), il a
eu le monde à lui!... J'ai déjà tous mes créanciers!... grâce à la prétendue arrivée de Godeau, je gagne huit jours, et qui dit huit jours,
dit quinze en matière de paiement... J'achète
pour trois cent mille francs de Basse-Indre,
avant Verdelin!.. et alors, quand Verdelin
en demandera, mon gaillard déterminera la
hausse!... les actions vont s'élever bien au-
dessus du cours... J'aurai... six cent mille
francs de bénéfice. Avec trois cent mille,
je paye mes créanciers! et je deviens le roi de
la place! (Il se promène majestueusement.)

JUSTIN, du fond, à gauche. Monsieur!...

MERCADET. Qu'est-ce que c'est?... que me
veux-tu, Justin?...

JUSTIN. Monsieur... c'est...

MERCADET. Allons, parle...

JUSTIN. C'est monsieur Violette qui m'offre soixante francs si je lui fais parler à monsieur Godeau.

MERCADET. Soixante francs. (*A part.*) Il me les a volés.

JUSTIN. Monsieur ne veut pas que je perde ces profits-là.

MERCADET. Laisse-toi corrompre...

JUSTIN. Ah! monsieur... c'est que... il y a aussi monsieur Goulard !... et les autres...

MERCADET. Laisse-toi faire... va, je te les livre, tiens-les.

JUSTIN. Et de près... Merci, monsieur...

MERCADET. Qu'ils voient tous Godeau. (*A part.*) De la Brive saura bien s'en tirer. (*Haut.*) Entendons-nous, tous excepté Pierquin... (*A part.*) Il reconnaîtrait son Michonnin.

JUSTIN. C'est convenu, monsieur... Ah! voilà monsieur Minard. (*Justin sort du fond, à gauche.*)

SCÈNE X.

MERCADET, MINARD.

MINARD, *du fond à gauche.* Ah! monsieur.

MERCADET. Eh bien! monsieur Minard, qu'est-ce qui vous amène?

MINARD. Le désespoir.

MERCADET. Le désespoir?

MINARD. Monsieur Godeau est de retour; on dit que vous redevenez millionnaire !...

MERCADET. Et c'est là ce qui vous désole?

MINARD. Oui, monsieur.

MERCADET. Ah çà, vous êtes un singulier garçon... Je vous dévoile ma ruine, cela vous enchante... vous apprenez que la fortune me revient, cela vous désespère !... Et vous voulez entrer dans ma famille! mais vous êtes mon ennemi.

MINARD. Mon Dieu! c'est précisément mon amour qui fait que cette fortune m'épouvante. J'ai peur que vous ne vouliez plus m'accorder la main...

MERCADET. De Julie!... Adolphe, tous les hommes d'affaires ne placent pas leur cœur dans leur portefeuille... Nos sentiments ne se traduisent pas toujours par doit et avoir... Vous m'avez offert trente mille que vous aviez... je n'ai pas le droit de vous repousser à cause des millions... (*A part, que je n'ai pas!*)

MINARD. Ah! vous me rendez la vie...

MERCADET. Vrai !... eh bien, tant mieux... car je vous aime... vous êtes simple, honnête, ça me touche, ça me fait plaisir, ça... ça me change... Ah! que je tienne mes six cent mille francs et... (*Voyant entrer Pierquin.*) Les voilà...

SCÈNE XI.

LES MÊMES, PIERQUIN, VERDELIN,

MERCADET. Eh bien?...

PIERQUIN. Eh bien l'affaire est terminée...

MERCADET. Bravo!...

VERDELIN. Bonjour!

MERCADET. Verdelin!...

VERDELIN. Tu as fait à hurler avant moi, je serai forcé maintenant de payer beaucoup plus cher; mais c'est égal, c'est bien joué! adieu! A propos, salut au roi de la bourse, salut au Napoléon des affaires!... (*Riant.*) Ah! ah! ah!

MERCADET. Que signifie?...

VERDELIN. Ce sont les paroles d'hier...

MERCADET. Mes paroles...

PIERQUIN. C'est que... monsieur ne... croit pas au retour de Godeau...

MINARD. Ah! monsieur!

MERCADET. Comment... on douterait...

VERDELIN. Fi donc! plus maintenant... Je me suis figuré d'abord que ce retour c'était le coup hardi que tu annonçais hier...

MERCADET. Moi... (*A part*) Maladroit!

VERDELIN. Que fort de la présence d'un prétendu Godeau tu frisais acheter comptant pour payer sur la hausse de demain et que tu n'avais pas un sou aujourd'hui...

MERCADET. Tu vais imaginé cela...

VERDELIN, *allant à la cheminée.* Oui... mais en voyant en bas cette triomphante caisse de poste... ce morceau de la carrosserie in-8 que j'ai lu n'ai-je pensé qu'on n'en trouverait pas de semblable aux Champs-Elysées, tous les doutes ont disparu, et... mais remettez-vous les titres, monsieur Pierquin...

PIERQUIN. Les... titres... C'est que...

MERCADET, *à part.* De l'audace, que je suis perdu!... (*Haut.*) Sans doute... Voyons ces titres...

PIERQUIN. Permettez... c'est que... si ce que monsieur disait était vrai!

MERCADET. Monsieur Pierquin!

MINARD. Mais, messieurs... monsieur Godeau est ici, je l'ai vu moi... je lui ai parlé.

MERCADET. Il lui a parlé, monsieur.

PIERQUIN. Le fait est que moi-même j'ai vu...

VERDELIN. Mais je n'en doute pas... A propos, par quel bâtiment l'annonçait-il son arrivée, ce cher Godeau?

MERCADET. Par quel bâtiment... mais par le... par le Triton...

VERDELIN. Que ces journaux anglais sont négligents... il n'y a d'annonce que le bâtiment-poste anglais l'Alcyon.

PIERQUIN. En vérité!

MERCADET. Finissons... monsieur Pierquin... ces titres...

PIERQUIN. Permettez... à défaut de couverture... je voudrais... je voudrais parler à Godeau.

MERCADET. Vous ne lui parlerez pas... monsieur, ce serait vous permettre de douter de ma parole.

VERDELIN. Superbe!...

MERCADET. Monsieur Minard, allez auprès de Godeau... dites-lui que j'ai fait ach... ter ces trois cent mille francs de valeurs en question... priez-le de m'envoyer *avec intention* trente mille francs pour couverture... dans sa position... sur soi... (*bas*) en tous cas, vous lui donneriez les vôtres.

MINARD. Oui, monsieur.

MERCADET. Cela vous suffira-t-il... monsieur Pierquin?...

PIERQUIN. Sans doute, sans doute... C'est qu'alors... il serait revenu...

VERDELIN. Attendez les trente mille francs!

MERCADET. Verdelin, j'aurais le droit de m'offenser d'un doute injurieux; mais je suis encore ton débiteur...

VERDELIN. Bah!... tu as dans le portefeuille de Godeau de quoi t'acquitter, car la liquidation aura demain disposé de poids... Ça monte, ça monte, on ne sait pas où cela peut aller... Le feu y est... Ta lettre fait des merveilles, nous sommes forcés de déclarer à la Bourse le résultat des opérations de sondage... Ces mines vaudront celles du Mons... et... ta

fortune est faite... quand je croyais faire la mienne...

MERCADET. Je comprends ta colère... Et voilà d'où venaient ses doutes...

VERDELIN. Des doutes qui ne sauraient tenir devant l'argent de Godeau.

SCÈNE XII.

LES MÊMES, VIOLETTE, GOULARD.

GOULARD. Ah! mon ami!

VIOLETTE. Mon cher Mercadet.

GOULARD. Quel homme que ce Godeau!

MERCADET, *à part.* Bon!

VIOLETTE. Quelle délicatesse!

MERCADET, *à part.* Très bien!

GOULARD. Quelle exactitude!

MERCADET, *à part.* A merveille!

VERDELIN. Vous l'avez vu?

VIOLETTE. Tout... tout!

PIERQUIN. Vous lui avez parlé?

GOULARD. Comment... je vous parie... et je suis payé.

TOUS. Payé!

MERCADET. Hein! comment... comment, payé?

GOULARD. Intégralement... cinquante mille francs en traites.

MERCADET, *à part.* Je n'y comprends...

GOULARD. Et huit mille francs d'appoint en billets.

MERCADET. En... billets... de banque?

GOULARD. De banque!

MERCADET, *à part.* Je n'y comprends plus... A-t-il huit mille... c'est Minard qui les aura donnés, il n'en rapportera que vingt-deux...

VIOLETTE. Et moi... moi qui aurais consenti à subir une diminution... J'ai tout reçu, tout, rubis sur l'ongle...

MERCADET. Tout !... (*Bas.*) En traites aussi?

VIOLETTE. En exc... lentes traites... les dix-huit mille francs.

MERCADET, *à part.* Quel homme que ce de la Brive!

VIOLETTE. Et le reste, les douze mille autres...

VERDELIN. Eh bien... je reste!

VIOLETTE. En argent comptant... que voilà.

MERCADET. En... le... (*A part.*) Diable! Minard n'en rapporte en plus que dix...

GOULARD, *assis au guéridon.* Et dans ce moment, il paye de même tous vos créanciers.

MERCADET. De même?

VIOLETTE, *s'asseyant au guéridon.* Oui, des traites, de l'argent et des billets de banque.

MERCADET, *s'oubliant.* Mon cœur arrête! (*Bas.*) Minard ne rapportera rien du tout...

VERDELIN. Qu'as-tu donc?

MERCADET. Moi... rien... je...

SCÈNE XIII.

LES MÊMES, MINARD.

MINARD. J'ai fait votre commission...

MERCADET, *croyant.* Ah!... vous rapportez... des traites... billets.

MINARD. Quelques... billets !... Ah! ma foi... Monsieur Godeau n'a pas même voulu entendre parler des trente mille francs. (*Goulard et Violette se lèvent. Minard reste seul devant le guéridon entouré des créanciers.*)

MERCADET. Je comprends.

MINARD. C'est cent mille écus, a-t-il dit, voilà cent mille écus... (*Il sort une liasse énorme de billets de banque qu'il pose sur le guéridon.*)

MERCADET, *ourant au guéridon devant lequel il s'assied.* Hein?... (*Les regardant.*) Qu'est-ce que c'est que ça?

MINARD. Les trois cent mille francs.

PIERQUIN. Mes trois cent mille francs.

VERDELIN. C'est vrai!

MERCADET, *éperdu.* Trois cent mille francs!... Je les vois... Je les touche!... Je les tiens... trois cent mille... Où as-tu eu ça!!...

MINARD. Mais c'est lui qui me les a remis.

MERCADET, *avec force.* Lui!... qui, lui?

MINARD. Mais monsieur Godeau...

MERCADET, *criant.* Qui, Godeau?... Quel Godeau?

GOULARD. Mais Godeau qui revient des Indes.

MERCADET. Des Indes!

VIOLETTE. Et qui paye toutes ses dettes.

MERCADET. Allons donc!... est-ce que je donne dans ces Go... deau-là!...

PIERQUIN. Il perd la tête! (*Tous les créanciers ont paru au fond. Verdelin est remonté vers eux et leur a parlé bas.*)

VERDELIN. Les voilà tous!... tous soldés!... C'était bien vrai.

MERCADET. Soldés!... tous!... Oui, payés.. intégralement payés!... Ah! je vois bleu, rose, violet! l'arc-en-ciel tourne autour de moi.

SCÈNE XIV.

LES MÊMES, Mme MARCADET, JULIE, *arrivant par le fond à gauche,* DE LA BRIVE, *par la droite.*

Mme MERCADET. Mon ami, monsieur Godeau se sent à présent en état de vous voir.

MERCADET. Voyons, ma fille, ma femme, Adolphe, mes amis, entourez-moi, vous ne voulez pas me tromper vous.

JULIE. Mais qu'as-tu donc, mon père?

MERCADET. Dites-moi... (*Apercevant de la Brive.*) Michonnin... sans déguisement.

DE LA BRIVE. Bien m'en a pris, monsieur, de suivre les conseils de madame, vous auriez eu deux Godeau à la fois, puisque le ciel vous ramenait le véritable.

MERCADET. Mais... il est donc... réellement revenu!

VERDELIN. Mais tu ne le savais donc pas?

MERCADET. Moi! par exemple!.. revenu!... Salut! reine des rois, archiduchesse des emprunts, princesse des actions et mère du crédit! Salut, fortune tant cherchée ici et qui, pour la millième fois, arrives des Indes! — Oh! je l'avais toujours dit: Godeau est un cœur d'une énergie! et quelle probité! (*Venant à sa femme et à sa fille.*) Mais embrassez-moi donc!

Mme MERCADET, *pleurant.* Ah! mon ami!.. mon ami!

MERCADET, *la soutenant.* Eh bien! toi si courageuse dans les adversités!

Mme MERCADET. Je suis sans force contre le plaisir de te voir sauvé... riche!

MERCADET. Mais honnête!.. Tiens, ma femme, mes enfants, je vous l'avoue... eh bien, je n'y pouvais plus tenir... je succombais à tant de fatigues... l'esprit toujours tendu... toujours sous les armes... Un géant aurait péri... par moments je voulais fuir... Oh! le repos... nous vivrons à la campagne.

Mme MERCADET. Mais tu t'ennuieras.

MERCADET. Non, je verrai leur bonheur... (*Il montre Minard et Julie.*) Et puis... après les fonds publics, les fonds de terre... L'agriculture m'occupera.. Je ne serai pas fâché d'étudier l'agriculture. (*Aux créanciers.*) Messieurs, nous resterons toujours bons amis, nous ne ferons plus d'affaires ensemble. (*A de la Brive.*) Monsieur de la Brive, je vous rends vos quarante-huit mille francs!

DE LA BRIVE. Ah! monsieur!

MERCADET. Et je vous prête dix mille francs.

DE LA BRIVE. Dix mille francs à moi. Mais je ne sais quand je pourrai.

MERCADET. Pas de façons... acceptez... c'est une idée que j'ai.

DE LA BRIVE. J'accepte!

MERCADET. Ah!... je suis... créancier! je suis créancier!

Mme MERCADET. Mercadet... il attend.

MERCADET. Oui, allons... j'ai montré tant de fois Godeau... que j'ai bien le droit de le voir. Allons voir Godeau!

Paris. — Imprimerie Walder, rue Bonaparte, 44.